Iwan Turgenjew, geboren am 9. November 1818 in Orel, ist am 3. Oktober 1883 in Bougival bei Paris gestorben.

Ein Thema sollte zum beherrschenden in der Prosa von Iwan Turgenjew werden: die Liebe. Doch selten begegnet bei ihm die harmonische und freie Übereinstimmung zweier sich liebender Seelen. Vielmehr stellte er die Liebe in seiner frühen Novelle »Erste Liebe« als eine zerstörerische Kraft dar, die dem Willen des Menschen entgegen schicksalhaft in das Leben eingreift.

In der »Ersten Liebe« ist es die erwachende Liebe eines sechzehnjährigen Jungen zu der fünf Jahre älteren Geliebten seines willensstarken und kühl disziplinierten Vaters. Der Reflexionsmensch steht dem Gefühlsmenschen gegenüber, eine bei Turgenjew häufig anzutreffende Konstellation, die den Empfindsamen meist zu Verzicht und Resignation zwingt.

Die Zeitgenossen verletzte diese Rahmen-Novelle in ihrem Moralempfinden, da sie die autobiographischen Anspielungen auf eine Liebesaffäre seines Vaters erkannten. Turgenjew hing jedoch ganz besonders an diesem Text. »Nur eine einzige Erzählung lese ich mit Vergnügen«, sagte er kurz vor seinem Tode, »es ist ›Erste Liebe‹. Sie ist, bitt' schön, mein Lieblingswerk.«

insel taschenbuch 2324
Iwan Turgenjew
Erste Liebe
Ein insel taschenbuch
im Großdruck

Iwan Turgenjew
Erste Liebe

Aus dem Russischen von
Ena von Baer
Insel

insel taschenbuch 2324
Erste Auflage 1991
Insel Verlag Frankfurt am Main

Hinweise zu dieser Ausgabe am Schluß des Bandes
Vertrieb durch den Suhrkamp Taschenbuch Verlag
Umschlag nach Entwürfen von Willy Fleckhaus
Druck: Wagner GmbH, Nördlingen
Printed in Germany

1 2 3 4 5 6 – 96 95 94 93 92 91

Erste Liebe

Die Gäste waren längst gegangen. Die Uhr hatte halb eins geschlagen. Im Zimmer befanden sich nur noch der Hausherr, Sergei Nikolajewitsch und Wladimir Petrowitsch.

Der Hausherr klingelte und befahl, die Reste des Abendessens fortzuräumen.

»Wir haben also beschlossen«, sagte er, sich tiefer in den Sessel setzend und eine Zigarre anzündend, »daß jeder von uns die Geschichte seiner ersten Liebe erzählt. Sie sind an der Reihe, Sergei Nikolajewitsch.«

Sergei Nikolajewitsch, ein rundes, pausbäckiges, blondes Männchen, sah den Hausherrn an und schlug die Augen zur Decke empor.

»Ich habe keine erste Liebe gehabt«, erklärte er schließlich, »ich habe sogleich mit der zweiten begonnen.«

»Wieso denn das?«

»Ganz einfach. – Ich war achtzehn Jahre alt, als ich zum erstenmal einem reizenden jungen Mädchen nachstieg. Doch machte ich ihr den Hof, als wäre es mir nichts Neues, genauso wie ich später den anderen Frauen den Hof gemacht habe. Verliebt war ich aber zum ersten- und zum letztenmal mit sechs Jahren in meine Kinderfrau – das ist schon lange her –, die Einzelheiten unserer Beziehung sind meinem Gedächtnis entschwunden. Wen hätten sie auch interessieren können, wenn ich sie noch wüßte?«

»Was nun?« rief der Hausherr aus. »Auch meine erste Liebe bietet wenig Interessantes. Ich habe mich zum erstenmal in meine jetzige Frau, Anna Iwanowna, verliebt, es ging alles wie am Schnürchen, unsere Väter wünschten diese Ehe, sehr bald gewannen wir einander lieb und heirateten, ohne noch lange zu überlegen. Meine Geschichte ist nicht lang. – Ich gestehe, meine Herren, daß ich, als ich die Frage der ersten Liebe aufwarf, meine Hoffnungen auf Sie, wenn auch nicht alte, aber immerhin nicht jugendliche Hagestolze setzte. Und wie ist es mit Ihnen, Wladimir Petrowitsch?«

»Mein erste Liebe zählt allerdings nicht zu den alltäglichen«, erwiderte zögernd Wladimir Petrowitsch, ein Vierziger mit schwarzem, graumeliertem Haar.

»Ah!« riefen der Hausherr und Sergei Nikolajewitsch gleichzeitig aus. »Um so besser ... Berichten Sie!«

»Gern ... aber nein, ich bin kein Meister im Erzählen, das würde trocken, kurz und nüchtern oder zu weitschweifig und falsch werden. Gestatten Sie mir, meine Erinnerungen aufzuschreiben und sie Ihnen vorzulesen?«

Die Freunde wollten anfangs nicht darauf eingehen, aber Wladimir Petrowitsch bestand darauf. Zwei Wochen später trafen sie sich wieder. Wladimir Petrowitsch hatte sein Versprechen gehalten. Folgendes stand in seinem Heft:

I

Ich war damals sechzehn Jahre alt. – Die Geschichte spielte sich im Sommer 1833 ab.

Ich wohnte in Moskau bei meinen Eltern, die eine Villa in der Nähe des Kalugaer Tors gegenüber dem Neskutschny-Park gemietet hatten, und bereitete mich für die Universität vor, arbeitete aber wenig und beeilte mich nicht allzusehr.

Niemand schränkte meine Freiheit ein. Ich tat, was ich wollte, vor allem seit der Zeit, da ich mich von meinem französischen Erzieher getrennt hatte, der sich nicht an den Gedanken gewöhnen konnte, daß er »wie eine Bombe« (»comme une bombe«) nach Rußland hineingeplatzt sei, und deshalb ganze Tage mit verbittertem Gesicht im Bett verbrachte. Mein Vater behandelte mich mit gleichgültiger Gutmütigkeit, die Mutter beachtete mich überhaupt nicht, obwohl ich ihr einziges Kind war; denn sie hatte andere Sorgen. Mein Vater – ein junger und sehr gut aussehender Mann – hatte sie aus Berechnung geheiratet. Sie war zehn Jahre älter als er und führte nun ein trauriges Leben, regte sich ständig auf, war eifersüchtig und ärgerte sich, aber nie in Gegenwart des Vaters; sie fürchtete ihn sehr, er dagegen benahm sich streng, kalt und abweisend ... Ich bin noch nie einem Menschen begegnet, der so ausgesprochen ruhig, selbstsicher und beherrscht gewesen wäre.

Nie werde ich die ersten Wochen in dieser Villa vergessen! Wir waren am 9. Mai übergesiedelt, und das Wetter war herrlich. Ich ging entweder in unserem Garten, im Neskutschny-Park oder jenseits der Stadtgrenze spazieren, nahm irgendein Buch – zum Beispiel Kaidanows historisches Lehrbuch – mit, öffnete es jedoch selten. Meist deklamierte ich laut Gedichte, von denen ich eine Menge kannte. Heiß pulste das Blut in mir, und mein Herz war voller Sehnsucht, die süß und lächerlich war. Ich erwartete etwas, empfand eine unerklärliche Scheu, wunderte mich über alles und war zu allem bereit. Meine Phantasie spielte und kreiste unaufhörlich um dieselben Vorstellungen, wie Schwalben in der Morgendämmerung um einen Kirchturm – ich grübelte, trauerte und weinte manches Mal sogar. Aber durch Tränen und Trauer, die bald durch einen klangvollen Vers, bald durch die Schönheit des Abends ausgelöst wurden, brach gleich Frühlingsgräsern das freudige Gefühl des jungen, schäumenden Lebens.

Ich besaß ein Reitpferd, das ich selbst sattelte, um allein so weit wie möglich davonzureiten. Galoppierend kam ich mir wie ein Ritter im Turnier vor. Wie herrlich der Wind mir um die Ohren wehte! Und schaute ich zum Himmel empor, so tranken Blick und Herz die strahlende Klarheit seines Lichtes und seiner Bläue.

Ich entsinne mich noch genau, daß mir zu jener Zeit kein Frauenbildnis vorschwebte und meine Träume von der Frauenliebe keine festen Umrisse gewannen. Aber in allem, was ich dachte und fühlte, barg sich die halb erkannte, schamhafte Vorahnung von etwas Neuem, ungemein Beglückendem, Weiblichem.

Mein ganzes Wesen war von dieser Vorahnung, dieser freudigen Erwartung durchdrungen, ich atmete sie ein, sie rollte mit jedem Blutstropfen durch meine Adern . . . und sollte sich bald erfüllen.

Unsere Villa war ein hölzernes Herrenhaus mit Säulen und zwei niedrigen Flügeln. Im linken Flügel befand sich eine winzige Fabrik zur Herstellung billiger Tapeten. Des öfteren begab ich mich dahin und beobachtete, wie ein Dutzend magerer, zerzauster Buben in schmierigen Röcken und mit blutarmen Gesichtern sich auf die hölzernen Hebel schwangen, die die viereckigen Holzklötze der Presse herabdrückten, und auf diese Weise durch die Last ihrer ausgemergelten Körper die bunten Muster der Tapete druckten. Der rechte Flügel war leer und wurde vermietet. Eines Tages – es war drei Wochen nach unserer Ankunft am 9. Mai – wurden die Fensterläden dieses Flügels geöffnet, Frauengesichter tauchten auf, eine Familie war dort eingezogen. Ich entsinne mich, daß meine Mutter sich an diesem Tage während des Mittagessens beim

Haushofmeister nach unseren neuen Nachbarn erkundigte. Als sie den Namen der Fürstin Sassekina vernahm, murmelte sie mit einer gewissen Achtung: »Ah! Eine Fürstin«, und fügte sofort hinzu: »Wird wohl eine von den armen sein!«

»Sie sind in drei Droschken eingetroffen«, bemerkte der Haushofmeister, respektvoll weiterservierend, »besitzen keinen eigenen Wagen und nur billige Möbel.«

»Ja«, erwiderte Mutter, »aber es ist immerhin besser als . . .« Mein Vater sah sie mit einem eisigen Blick an, sie verstummte.

Allerdings konnte die Fürstin Sassekina nicht reich sein, der von ihr gemietete Flügel war so verfallen, klein und niedrig, daß auch nur einigermaßen bemittelte Leute ihn nie genommen hätten. Übrigens überhörte ich damals die Unterhaltung. Fürstentitel riefen keinen Eindruck bei mir hervor: Ich hatte erst vor kurzem Schillers »Räuber« gelesen.

2

Ich hatte damals die Gewohnheit, jeden Abend mit dem Gewehr durch unseren Garten zu streifen und Krähen aufzulauern. – Seit langem haßte ich diese vorsichtigen, listigen, raubgierigen Vögel. An dem Tage, von dem die Rede sein soll, begab ich mich wieder in den Garten, durchwandelte vergeblich die Alleen – die Krähen hatten mich erkannt und krächzten nur aus der Ferne – und näherte mich zufällig dem niedrigen Gartenzaun, der die benachbarten Grundstücke trennte und an dem schmalen Streifen Garten des rechten Flügels entlanglief. – Mit gesenktem Kopf schritt ich dahin. Plötzlich vernahm ich Stimmen, schaute über den Zaun – und erstarrte. Ein merkwürdiger Anblick bot sich mir.

Nur einige Schritte von mir entfernt stand auf einer Wiese zwischen grünen Himbeersträuchern ein hochgewachsenes, schlankes Mädchen in einem gestreiften rosa Kleid, ein weißes Tüchlein auf dem Kopf. Vier junge Männer umringten sie, und sie schlug sie der Reihe nach mit einer jener kleinen grauen Blumen auf die Stirn, deren Namen ich nicht kenne, die den Kindern aber wohlbekannt ist; sie bildet kleine Beutel und zerspringt mit einem Knall, wenn man sie gegen etwas Hartes schlägt. Die jungen Leute hielten dem Mädchen so freudig ihre Stirn hin, und in den Bewegungen des Mädchens, das ich nur von der Seite sehen konnte, lag ein so großer Zauber, etwas so Gebieterisches, Zärtliches, Spöttisches und Liebes, daß ich vor Überraschung und Freude beinah aufgeschrien und in diesem Augenblick wohl alles hingegeben hätte, um von diesen reizenden Fingern auf die Stirn geschlagen zu werden. Mein Gewehr glitt ins Gras, ich vergaß alles und verschlang diese schlanke Gestalt, diesen Hals, die schönen Hände, das ein wenig zerzauste blonde Haar unter dem weißen Tuch, die halbgeschlossenen, klugen Augen, diese Wimpern, die die zarten Wangen beschatteten, mit meinen Blicken.

»Junger Mann, he, junger Mann«, ertönte plötzlich eine Stimme, »ist es denn gestattet, fremde Damen so anzustarren?«

Ich fuhr zusammen und verharrte regungslos ... Vor mir stand hinter dem Zaun ein Mann mit kurzgeschnittenem schwarzem Haar und betrachtete mich ironisch. In diesem Augenblick wandte sich auch das Mädchen mir zu ... ich erblickte große graue Augen in einem lebhaften, freudig bewegten Gesicht, und dieses Gesicht begann zu beben, entblößte lachend eine Reihe weißer Zähne, die Augenbrauen schnellten drollig in die Höhe ... Ich errötete, ergriff das Gewehr und rannte in mein Zimmer, von einem schallenden, aber nicht bösartigen Gelächter begleitet, warf mich auf das Bett und verbarg mein Gesicht in den Händen. – Mein Herz schlug freudig und stark. Ich schämte mich, war gleichzeitig glücklich und fühlte eine Erregung wie nie zuvor.

Nachdem ich mich ausgeruht hatte, kämmte ich mein Haar, machte mich zurecht und ging hinunter zum Tee. Vor mir schwebte immer noch das Bild des jungen Mädchens, mein Herz schlug nicht mehr so heftig, freudig und leicht schien es in meiner Brust zu flattern.

»Was ist mit dir?« fragte mich mein Vater plötzlich. »Hast du eine Krähe geschossen?«

Ich wollte ihm schon alles erzählen, beherrschte mich jedoch und lächelte nur vor mich hin. Als ich mich schlafen legte, drehte ich mich aus mir jetzt unerklärlichen Gründen dreimal im Kreise auf einem Fuß, rieb mein Haar mit einer Pomade ein und schlief die ganze Nacht wie ein Toter. – Gegen

Morgen wachte ich einen Augenblick auf, hob den Kopf, sah mich entzückt um und schlief wieder ein.

3

»Wie könnte ich sie kennenlernen?« war mein erster Gedanke, als ich am nächsten Morgen erwachte. – Vor dem Tee ging ich in den Garten, näherte mich aber nicht allzusehr dem Zaun und erblickte niemanden. Nach dem Tee promenierte ich ein Weilchen auf der Straße vor dem Hause auf und ab, bemüht, aus der Ferne in die Fenster zu schauen ... Mir schien es, als hätte ich hinter dem Vorhang ihr Gesicht erspäht, ich erschrak und entfernte mich eilig. »Aber kennenlernen muß ich sie«, dachte ich, ziellos auf der Sandebene vor dem Neskutschny-Park umherschlendernd. – Wie aber? Das war die Frage! Ich rief mir alle Einzelheiten der gestrigen Begegnung ins Gedächtnis zurück, aber am deutlichsten stellte ich mir vor, wie sie mich ausgelacht hatte ... Während ich mich erregte und immer wieder neue Pläne entwarf, hatte das Schicksal bereits für mich gesorgt.

Während meiner Abwesenheit hatte meine Mutter einen auf grauem Papier geschriebenen Brief von ihrer Nachbarin erhalten, mit braunem Siegellack versiegelt, wie man ihn nur zum Versiegeln von Postpaketen und billigen Schnapsflaschen benutzte. In diesem unorthographisch, unsauber und nachlässig geschriebenen Brief bat die Fürstin meine Mutter um ihre Protektion. Der Meinung der Fürstin zufolge kannte meine Mutter einflußreiche Persönlichkeiten, von denen ihr Schicksal und das ihrer Kinder abhänge, da sie wichtige Prozesse führe. »Ich wende mich an Sie, wie eine vorneme Dahme an eine vorneme Dahme«, schrieb sie, »und freue mich außerdem, diese Angelegenheit ausnuzen zu können.« Zum Schluß bat sie meine Mutter um die Erlaubnis, sie zu besuchen. Ich fand meine Mutter in gereizter Stimmung vor, mein Vater war nicht zu Hause, und sie konnte niemanden um Rat fragen. Den Brief einer »vornehmen Dame«, die noch dazu eine Fürstin war, nicht zu beantworten wäre unmöglich gewesen, aber wie sie ihr antworten sollte, das wußte meine Mutter nicht. Einen französischen Brief zu schreiben schien ihr unpassend, die russische Orthographie beherrschte sie aber ebenfalls nicht. Meine Mutter wußte das und wollte sich nicht kompromittieren. Sie freute sich über mein Erscheinen und trug mir auf, sofort zur Fürstin zu gehen und ihr mündlich auszurichten, daß meine Mutter stets bereit wäre, Ihrer Durchlaucht einen Dienst zu erweisen, soweit es in ihren Kräften stehe. Sie bitte sie um ihren Besuch gegen ein Uhr. – Die unerwartet schnelle Erfüllung meiner geheimsten Wünsche erfreute und erschreckte mich. Ich verriet jedoch meine Verlegenheit nicht und begab mich in mein Zimmer, um eine neue Krawatte umzubinden und einen Rock anzuziehen; denn zu Hause ging ich immer noch in einer Jacke und mit zurückgeschlagenem Hemdkragen, obwohl mir das sehr peinlich war.

4

Im engen, unordentlichen Vorzimmer des Flügels, den ich mit unwillkürlichem Beben betrat, empfing mich ein alter, weißhaariger Diener mit kupferfarbenem, dunklem Gesicht, mürrischen Schweinsäuglein und so tiefen Runzeln auf Stirn und Schläfen, wie ich sie nie zuvor gesehen hatte. Er trug einen Teller mit abgenagten Heringsgräten und fragte mich, während er die Tür zum anderen Zimmer mit dem Fuß zuschlug, mißmutig: »Was wollen Sie?«

»Ist die Fürstin Sassekina zu Hause?« fragte ich.

»Bonifatius«, rief eine brüchige Frauenstimme hinter der Tür. – Der Diener in der stark abgeschabten Livree mit einem einsamen, verrosteten Wappenknopf wandte mir schweigend den Rücken zu und entfernte sich, nachdem er den Teller auf den Fußboden gestellt hatte.

»Bist du im Polizeirevier gewesen?« fragte dieselbe Frauenstimme. Der Diener murmelte eine Antwort. »Wie? . . . Ist jemand da?« ertönte es hinter der Tür.

»Der junge Herr von nebenan.«

»Bitt ihn herein.«

»Bitte in den Salon«, sagte der Diener, plötzlich wieder vor mir auftauchend und den Teller vom Fußboden aufhebend. Ich trat in den »Salon«.

Ich befand mich in einem kleinen, nicht sehr ordentlichen Zimmer mit armseligen, anscheinend in großer Eile auf gut Glück aufgestellten Möbeln. Am Fenster saß auf einem Sessel mit einer abgebrochenen Armlehne eine etwa fünfzigjährige häßliche Frau, barhäuptig und in einem alten grünen

Kleid. Um den Hals trug sie ein buntes Halstuch aus Kammgarn. Ihre kleinen schwarzen Äuglein bohrten sich förmlich in mich ein.

Ich schritt auf sie zu und verbeugte mich.

»Habe ich die Ehre, mit der Fürstin Sassekina zu sprechen?«

»Ich bin die Fürstin Sassekina. Sind Sie Herrn W.s Sohn?«

»Ja. Ich komme im Auftrag meiner Mutter.«

»Bitte nehmen Sie Platz. Bonifatius, wo sind meine Schlüssel? Hast du sie nicht gesehen?«

Ich richtete die Antwort meiner Mutter aus. Mit den dicken, roten Fingern auf dem Fensterbrett trommelnd, hörte sie mir zu und starrte mich wieder an, nachdem ich meinen Auftrag ausgerichtet hatte.

»Sehr schön. Ich komme bestimmt«, sagte sie schließlich. »Wie jung Sie noch sind! Wie alt sind Sie, wenn ich fragen darf?«

»Sechzehn Jahre alt«, erwiderte ich, unwillkürlich zögernd.

Die Fürstin holte einige beschriebene, mit Fettflecken bedeckte Papiere aus der Tasche hervor, hielt sie sich direkt unter die Nase und blätterte darin.

»Schöne Jahre«, sagte sie unvermittelt, wandte sich mir zu und rutschte auf ihrem Sessel hin und her. »Bitte fühlen Sie sich wie zu Hause, ich mache keine Umstände.«

»Zu wenig Umstände«, dachte ich, mit unwillkürlichem Ekel ihre abstoßende Gestalt betrachtend. – In diesem Augenblick wurde die Tür des Wohnzimmers aufgerissen, und auf der Schwelle stand das Mädchen, das ich im Garten gesehen hatte. Sie hob die Hand, und über ihr Gesicht huschte ein spöttisches Lächeln.

»Da ist auch meine Tochter«, sagte die Fürstin, mit dem Ellbogen auf das Mädchen weisend. »Sinotschka, das ist der Sohn unseres Nachbarn Herrn W. Darf ich fragen, wie Sie heißen?«

»Wladimir«, erwiderte ich, mich erhebend und vor Aufregung lispelnd.

»Und der Vatersname?«

»Petrowitsch.«

»Ich kannte einen Polizeivorsteher, hieß auch Wladimir Petrowitsch. Bonifatius! Such die Schlüssel nicht, sie sind in meiner Tasche.«

Das junge Mädchen betrachtete mich immer noch spöttisch mit zusammengekniffenen Augen, den Kopf ein wenig zur Seite geneigt.

»Ich habe Monsieur Woldemar bereits gesehen«, begann sie. – Der helle Klang ihrer Stimme durchzuckte mich wie ein süßer Schauer. – »Darf ich Sie so nennen?«

»Aber bitte«, flüsterte ich.

»Wo hast du ihn gesehen?« erkundigte sich die Fürstin.

Ihre Tochter antwortete nicht.

»Haben Sie jetzt etwas vor?« fragte sie, ohne den Blick von mir zu wenden.

»Nein.«

»Wollen Sie mir helfen, Wolle zu wickeln? Kommen Sie zu mir.«

Sie nickte mir zu und verließ den Salon. Ich folgte ihr. Im Zimmer, das wir betraten, waren die Möbel etwas besser und sehr geschmackvoll aufgestellt. Übrigens bemerkte ich es in diesem Augenblick nicht, ich bewegte mich wie im Traum und empfand in meinem ganzen Körper eine bis zur Torheit gesteigerte Seligkeit.

Die junge Fürstin setzte sich, holte einen Strang roter Wolle, wies mir einen gegenüberstehenden Stuhl und legte mir den Strang, nachdem sie ihn sorgfältig aufgebunden, auf die Arme. Sie tat das alles schweigend mit einer drolligen Langsamkeit und mit demselben hellen, verschmitzten Lächeln auf den ein wenig geöffneten Lippen. Sie begann, die Wolle auf eine zusammengefaltete Spielkarte aufzuwickeln, und warf mir plötzlich einen schnellen und so strahlenden Blick zu, daß ich unwillkürlich die Augen niederschlug. Wenn sie ihre meist halbgeschlossenen Augen ganz öffnete, veränderte sich ihr Gesicht vollkommen, als ergieße sich ein Licht darüber.

»Was haben Sie gestern von mir gedacht, Monsieur Woldemar?« fragte sie nach einer Weile. »Sicherlich haben Sie mich verurteilt.«

»Ich . . . Fürstin . . . ich habe gar nichts gedacht . . . wie könnte ich . . .«, erwiderte ich verlegen.

»Passen Sie auf«, sagte sie. »Sie kennen mich noch nicht, ich bin sehr seltsam und verlange, daß man mir immer die Wahrheit sagt. Sie sind sechzehn Jahre alt, ich aber bin bereits einundzwanzig, viel älter als Sie, deshalb müssen Sie mir die Wahrheit sagen . . . und mir gehorchen«, fügte sie hinzu. »Schauen Sie mich an. – Weshalb sehen Sie mich nicht an?«

Ich wurde noch verlegener, hob jedoch den Blick.

Sie lächelte, doch es war nicht mehr das frühere, es war ein wohlwollendes Lächeln.

»Sehen Sie mich an«, fuhr sie leise und freundlich fort, »das ist mir gar nicht unangenehm. Ihr Gesicht gefällt mir, ich glaube, daß wir Freunde sein werden. Und wie gefalle ich Ihnen?« fragte sie schalkhaft.

»Fürstin . . .«, begann ich.

»Erstens nennen Sie mich bitte Sinaïda Alexandrowna, und zweitens ist es eine recht dumme Gewohnheit, wenn Kinder« – sie verbesserte sich –, »junge Leute, nicht offen sagen, was sie fühlen! Erwachsene mögen es tun! Ich gefalle Ihnen doch?«

Obwohl es mir sehr angenehm war, daß sie so offen mit mir sprach, war ich ein wenig gekränkt. Ich wollte ihr zeigen, daß sie keinen Jungen vor sich hatte, und erwiderte mit möglichst nachlässigem Ernst: »Selbstverständlich gefallen Sie mir, Sinaïda Alexandrowna, ich verhehle es nicht.«

Sie schüttelte langsam den Kopf.

»Haben Sie einen Hauslehrer?«

»Nein, schon längst nicht mehr.«

Ich log: Mein französischer Lehrer hatte uns erst vor einem Monat verlassen.

»Oh! Ich sehe, daß Sie schon ganz erwachsen sind.«

Sie schlug mir leicht auf die Finger.

»Hände gerade halten!« Und wieder wickelte sie eifrig ihren Wollknäuel.

Da sie nicht aufsah, benutzte ich die Gelegenheit, sie zu betrachten, erst verstohlen, dann immer kühner und kühner. Ihr Gesicht erschien mir noch entzückender als gestern, so fein, klug und lieb war es. Sie saß mit dem Rücken zum Fenster, durch dessen weißes Rouleau ein Sonnenstrahl drang, ihr lockeres goldblondes Haar, den Hals, die abfallenden Schultern und die zarte, ruhig atmende Brust in flimmerndes Gold tauchend ... Ich sah sie an ... und wie vertraut und teuer schien sie mir! Hatte ich sie nicht schon längst gekannt? Mir war, als hätte ich nichts erlebt und erfahren, ehe ich ihr begegnete ... Sie trug ein dunkles, abgetragenes Kleid und ein Schürzchen, wie gern hätte ich jede Falte dieses Kleides und dieser Schürze gestreichelt. Unterhalb ihres Kleides schauten die Spitzen ihrer Schuhe hervor, mit welcher Ehrfurcht wäre ich vor ihnen niedergekniet! – »Da sitze ich nun vor ihr«, dachte ich ... »und habe sie kennengelernt. Welches Glück, mein Gott, welches Glück!«

Beinah wäre ich vor Begeisterung aufgesprungen, beherrschte mich jedoch und schlenkerte nur meine Beine, wie ein Kind, das Süßigkeiten nascht.

Ich fühlte mich so wohl wie ein Fisch im Wasser. Eine Ewigkeit hätte ich hier sitzen mögen.

Ihre Augenlider hoben sich leise, und wieder strahlten mich die hellen Augen an. Sie lächelte.

»Wie Sie mich anschauen«, sagte sie langsam und drohte mir mit dem Finger.

Ich errötete ... »Sie versteht alles, sieht alles«, dachte ich. »Und wie sollte sie es auch nicht!«

Plötzlich klopfte es im Nebenzimmer, ein Säbel klirrte.

»Sina«, rief die Fürstin aus dem Salon, »Belowsorow hat dir ein Kätzchen mitgebracht.«

»Ein Kätzchen!« rief Sina aus, sprang rasch auf, warf mir den Wollknäuel auf den Schoß und rannte hinaus.

Auch ich erhob mich, legte die Wolle auf das Fensterbrett, ging in den Salon und blieb überrascht stehen: In der Mitte des Zimmers lag, die Pfoten auseinandergespreizt, ein gestreiftes Kätzchen. Sinaïda kniete vor ihm und hob vorsichtig sein Schnäuzchen. Neben der Fürstin stand, die ganze Breite zwischen den Fenstern ausfüllend, ein blondgelockter junger Husar mit roten Wangen und hervortretenden Augen.

»Wie komisch es ist«, wiederholte Sinaïda. »Und die Augen sind grün und nicht grau und die Ohren riesengroß! Vielen Dank, Viktor Jegorytsch! Das ist sehr nett von Ihnen.«

Ich erkannte in dem Husaren einen der jungen Männer, die ich am vorherigen Abend gesehen hatte. Er verneigte sich lächelnd und klirrte mit den Sporen und dem Säbel.

»Sie sagten gestern, daß Sie sich ein gestreiftes Kätzchen mit großen Ohren wünschten, ... da habe ich es aufgetrieben. Ihr Wort ist mir Befehl!« Und er verbeugte sich wieder.

Das Kätzchen miaute leise und schnupperte am Fußboden.

»Es ist hungrig!« rief Sinaïda aus. »Bonifatius, Sonja, bringt Milch!« – Ein Mädchen in einem alten gelben Kleid und ausgeblichenen Halstuch brachte eine Untertasse mit Milch und stellte sie vor das Kätzchen. Das Kätzchen fuhr zusammen, kniff die Augen zu und begann zu lecken.

»Was für ein rosiges Zünglein«, sagte Sinaïda, den Kopf beinah bis zum Boden geneigt und das Kätzchen von der Seite betrachtend.

Das Kätzchen war gesättigt und begann zu schnurren, geziert die Pfötchen bewegend. Sinaïda erhob sich und sagte gleichgültig zu dem Mädchen:

»Bring das Kätzchen weg.«

»Die Hand für das Kätzchen«, sagte der Husar schmunzelnd und straffte seinen mächtigen, in eine neue Uniform gezwängten Körper.

»Beide«, erwiderte Sinaïda und reichte ihm beide Hände. Während er sie küßte, schaute sie über die Schulter hinweg zu mir.

Ich stand unbeweglich da und wußte nicht, ob ich lachen, etwas sagen oder schweigend darüber hinweggehen sollte. Plötzlich erblickte ich durch die geöffnete Tür unseren Diener Fjodor, der mir Zeichen machte. Ich ging zu ihm.

»Was ist los?« fragte ich.

»Die Frau Mama schickt mich«, flüsterte er, »sie ärgert sich, weil Sie immer noch nicht zurückkommen.«

»Bin ich denn schon lange hier?«

»Über eine Stunde.«

»Über eine Stunde!« wiederholte ich unwillkürlich, kehrte sofort in den Salon zurück und verabschiedete mich.

»Wohin?« fragte Sinaïda, hinter dem Husaren hervorschauend.

»Ich muß nach Hause. Ich richte also aus«, wandte ich mich der alten Frau zu, »daß Sie gegen zwei Uhr zu uns kommen.«

»Ja, das sagen Sie, mein Lieber.«

Die Fürstin holte eilig eine Tabakdose hervor und schnupfte so laut, daß ich zusammenfuhr.

Ich verbeugte mich noch einmal und verließ den Salon mit dem unangenehmen Gefühl im Rücken, das jeder sehr junge Mensch empfindet, wenn er weiß, daß man ihm nachschaut.

»Vergessen Sie nicht, uns wieder zu besuchen, Monsieur Woldemar«, rief Sinaïda mir nach und lachte.

»Weshalb lacht sie immer?« dachte ich, während ich in Fjodors Begleitung nach Hause ging. Er sagte zwar nichts, schritt aber mißbilligend hinter mir her. Meine Mutter schalt und wunderte sich darüber, was ich nur so lange bei dieser Fürstin gemacht hätte. Ich erwiderte nichts und ging in mein Zimmer. Mir war sehr traurig zumute . . . Ich gab mir Mühe, nicht zu weinen . . . Ich war eifersüchtig auf den Husaren.

5

Wie verabredet, besuchte die Fürstin meine Mutter und gefiel ihr nicht. Ich war bei diesem Besuch nicht anwesend, aber Mutter erzählte meinem Vater bei Tisch, daß die Fürstin Sassekina ihr den Eindruck einer sehr gewöhnlichen Frau, »une femme très vulgaire«, gemacht habe und ihr mit ihren Bitten, beim Fürsten Sergei ein Wort für sie einzulegen, auf die Nerven gegangen sei. Sie hätte nichts als Prozesse und Geldgeschichten – »des vilaines affaires d'argent« – und scheine eine große Intrigantin zu sein. Mutter fügte hinzu, daß sie sie trotzdem mit ihrer Tochter zum Mittagessen eingeladen habe – als ich die Worte »mit ihrer Tochter« vernahm, steckte ich die Nase tiefer in den Teller –, denn sie sei nun einmal unsere Nachbarin und trüge einen vornehmen Namen. Mein Vater erwiderte daraufhin, daß er sich nun entsinne, was das für eine Dame sei. In seiner Jugend habe er den verstorbenen Fürsten Sassekin, einen gut erzogenen, aber leeren, leichtsinnigen Menschen gekannt. Man habe ihn in der Gesellschaft seines langen Aufenthalts in Paris wegen »le Parisien« genannt, er sei sehr reich gewesen, habe aber sein ganzes Vermögen verspielt und aus unbekannten Gründen, vielleicht des Geldes wegen – »im übrigen hätte er eine bessere Wahl treffen können«, fügte Vater hinzu und lächelte kalt – die Tochter eines Beamten geheiratet, sich daraufhin in Spekulationen eingelassen und gänzlich ruiniert.

»Wenn sie mich nur nicht anpumpen will«, meinte Mutter.

»Das wäre sehr leicht möglich«, meinte Vater ruhig. »Spricht sie Französisch?«

»Sehr schlecht.«

»Hm! – Übrigens ist es ja gleich! Hast du mir nicht gesagt, du hättest auch ihre Tochter eingeladen? Sie soll ein sehr nettes und gebildetes Mädchen sein.«

»So? Dann gleicht sie nicht der Mutter.«

»Und nicht dem Vater. Der war zwar gebildet, aber dumm.«

Meine Mutter seufzte und wurde nachdenklich. Der Vater schwieg. Ich fühlte mich während dieses Gesprächs sehr unbehaglich.

Nach dem Mittagessen ging ich in den Garten, dieses Mal aber ohne Gewehr. Ich hatte mir geschworen, nicht in die Nähe des Sassekinschen Gartens zu gehen, doch eine unwiderstehliche Gewalt zog mich dorthin. Kaum hatte ich den Zaun erreicht, als ich bereits Sinaïda, dieses Mal allein, erblickte. Sie hielt ein Buch in der Hand und ging langsam den Weg entlang, ohne mich zu bemerken.

Beinah hätte ich sie an mir vorbeigehen lassen, plötzlich ermannte ich mich aber und hüstelte.

Sie wandte sich um, blieb jedoch nicht stehen, warf das breite blaue Band ihres Strohhuts mit einer Hand über die Schulter, sah mich an, lächelte leise und senkte den Blick wieder auf das Buch.

Ich nahm die Mütze ab, drückte mich noch ein wenig herum und ging schweren Herzens fort. »Que suis-je pour elle?« dachte ich – Gott weiß weshalb auf französisch.

Bekannte Schritte ertönten hinter mir. Ich wandte mich um und erblickte meinen Vater, der mit schnellen, leichten Schritten auf mich zukam.

»Ist das die junge Fürstin?« fragte er mich.

»Ja.«

»Kennst du sie denn?«

»Ich habe sie heute früh bei der Fürstin gesehen.«

Vater blieb stehen, wandte sich scharf auf den Absätzen um und ging zurück. Nachdem er Sinaïda eingeholt hatte, grüßte er sie höflich. Sie erwiderte seinen Gruß ein wenig überrascht und ließ das Buch sinken. Ich sah, wie ihr Blick ihm folgte. Mein Vater zog sich stets sehr gut und einfach an, seine Kleider hatten eine eigene Note. Niemals war mir seine Gestalt so schlank erschienen, nie hatte sein grauer Hut so schön auf seinen kaum gelichteten Locken gesessen. – Ich wollte Sinaïda entgegengehen, sie aber sah mich nicht einmal an, hob wieder das Buch und entfernte sich.

6

Den ganzen Abend und den nächsten Morgen verbrachte ich in einem Zustand trübseliger Erstarrung. Ich entsinne mich, daß ich zu arbeiten versuchte und mir den Kaidanow vornahm, aber die weitläufigen Zeilen und die Seiten des berühmten Lehrbuchs huschten an meinen Augen vorbei, ohne zu meinem Bewußtsein zu gelangen. Zehnmal las ich die Worte: »Julius Cäsar zeichnete sich durch Heldenmut aus«, begriff sie doch nicht und warf das Buch in die Ecke. Vor dem Mittagessen rieb ich mir Pomade ins Haar, zog den neuen Rock an und band mir eine Krawatte um.

»Weshalb?« fragte mich meine Mutter. »Bist noch kein Student, und wer weiß, ob du überhaupt die Prüfung bestehst! Und die Joppe haben wir dir erst vor kurzem nähen lassen. Sollen wir sie etwa wegwerfen?«

»Es kommen doch Gäste«, flüsterte ich verzweifelt.

»Unsinn! Was sind das schon für Gäste!«

Ich mußte mich fügen und die Joppe anziehen. Aber die Krawatte ließ ich. Die Fürstin und ihre Tochter erschienen eine halbe Stunde vor dem Mittagessen. Die alte Frau hatte über das mir bereits bekannte grüne Kleid einen gelben Schal geworfen und eine altmodische Haube mit flammendroten Bändern aufgesetzt. Sie erzählte sofort von ihren Wechseln, seufzte, beklagte sich über ihre Armut, jammerte in einer geradezu aufdringlichen Art und genierte sich nicht im geringsten. Sie schnupfte ihren Tabak ebenso geräuschvoll wie gestern und rutschte ebenso auf ihrem Stuhl hin und her, anscheinend keinen Augenblick daran denkend, daß sie eine Fürstin war. Dafür benahm sich aber Sinaïda sehr gemessen, beinah hochmütig, wie eine echte Fürstin. Ihr Gesicht war kalt, würdevoll und starr, und ich erkannte weder sie noch ihr Lächeln und ihre Blicke, obwohl sie mir auch in dieser neuen Gestalt schön erschien. Sie trug ein leichtes blaugestreiftes Barège-Kleid, und ihr Haar fiel nach englischer Art in langen, gedrehten Locken an den Wangen herab. Diese Frisur paßte zu ihrem kühlen Gesichtsausdruck. Mein Vater saß während des Essens neben ihr und unterhielt sie mit der ihm eigenen vornehmen und ruhigen Höflichkeit. Hin und wieder streifte sein Blick sie, und auch sie sah ihn von Zeit zu Zeit an, aber stets so sonderbar, fast feindselig. Sie unterhielten sich französisch – ich entsinne mich, daß mich Sinaïdas reine Aussprache damals überraschte. Die Fürstin erlegte sich auch während des Mittagessens keinen Zwang auf, aß sehr viel und lobte die Speisen. Man sah es meiner Mutter an, daß sie ihr mißfiel, und so beantwortete sie ihre Fragen mit melancholischer Nachlässigkeit, mein Vater aber runzelte hin und wieder die Stirn. Auch Sinaïda mißfiel meiner Mutter. »So eine hochmütige Person«, sagte sie am nächsten Tage. »Und worauf sie stolz ist, avec sa mine de grisette!«

»Anscheinend kennst du keine Grisetten«, bemerkte Vater.

»Gott sei Dank, daß ich sie nicht kenne.«

»Selbstverständlich Gott sei Dank ... Aber wie kannst du es dann beurteilen?«

Mich beachtete Sinaïda überhaupt nicht. Bald nach dem Mittagessen verabschiedete sich die Fürstin.

»Ich hoffe auf Ihre Fürsprache, Marja Nikolajewna und Pjotr Wassiljewitsch«, sagte sie zu meinen Eltern in singendem Tonfall. »Was soll man tun! Es hat schöne Zeiten gegeben, doch die sind vorbei. Ich zum Beispiel bin eine Fürstin«, fügte sie mit unangenehmem Lachen hinzu, »aber was hilft es mir, wenn ich nichts zu essen habe?«

Mein Vater verbeugte sich ehrerbietig und begleitete sie bis zur Vorzimmertür. Ich stand in meiner Joppe daneben und starrte wie ein zum Tode Verurteilter den Fußboden an. Sinaïdas Verhalten mir gegenüber hatte mich völlig vernichtet. Wie groß war meine Überraschung, als sie mir im Vorbeigehen mit dem alten freundlichen Ausdruck in den Augen rasch zuflüsterte: »Kommen Sie um acht Uhr zu uns. Haben Sie mich verstanden? Bestimmt! ...« Ich machte nur noch eine überraschte Geste, da hatte sie sich bereits entfernt, einen weißen Schal um den Kopf schlingend.

7

Punkt acht Uhr betrat ich im neuen Rock, die Haartolle hochgekämmt, das Vorzimmer des Flügels, in dem die Fürstin wohnte. Der alte Diener betrachtete mich mißbilligend und erhob sich widerwillig von seiner Bank. Aus dem Salon ertönten fröhliche Stimmen. Ich öffnete die Tür und wich erstaunt einen Schritt zurück. In der Mitte des Zimmers stand die junge Fürstin auf einem Stuhl und hielt einen Herrenhut vor sich. Fünf Männer umringten sie. Sie bemühten sich, in den Hut hineinzugreifen, sie aber hob ihn höher und schüttelte ihn heftig. Als sie mich erblickte, rief sie aus: »Halt! Halt! Da kommt ein neuer Gast! Auch er muß einen Zettel haben!« Sie sprang leicht vom Stuhl und faßte mich am Kragenaufschlag. »Kommen Sie«, sagte sie. »Was stehen Sie da? Messieurs, darf ich Ihnen Monsieur Woldemar, den Sohn unseres Nachbarn, vorstellen! Und hier«, wandte sie sich an mich, der Reihe nach auf ihre Gäste weisend: »sind Graf Malewski, Dr. Luschin, der Dichter Maidanow, Hauptmann a. D. Nirmazki und der Husar Belowsorow, den Sie ja bereits kennen. Ich bitte um Ihr herzliches Wohlwollen für ihn!«

Ich war so verlegen, daß ich mich nicht einmal verbeugte. In Dr. Luschin erkannte ich den schwarzen Mann, der mich so erbarmungslos im Garten beschämt hatte. Die anderen waren mir fremd.

»Graf«, fuhr Sinaïda fort, »schreiben Sie einen Zettel für Monsieur Woldemar.«

»Das ist ungerecht«, erwiderte mit leicht polnischem Akzent der Graf, ein sehr schöner, stutzerhaft gekleideter dunkelblonder Mann mit ausdrucksvollen braunen Augen, einer schmalen Nase und einem dünnen Schnurrbart über einem winzigen Mund. »Er hat sich am Pfänderspiel nicht beteiligt.«

»Ja, es ist ungerecht«, wiederholten Belowsorow und der Hauptmann a. D., ein vierzigjähriger Mann, widerwärtig von Pockennarben entstellt, kraushaarig wie ein Neger, untersetzt und krummbeinig. Sein Militärrock, an dem die Achselstücke fehlten, stand weit offen.

»Habe ich Sie nicht gebeten, den Zettel zu schreiben?« wiederholte die junge Fürstin. »Was ist das für ein Aufstand? Monsieur Woldemar ist zum ersten Mal in unserer Gesellschaft, und deshalb gilt heute das Gesetz nicht für ihn. Murrt nicht, schreibt lieber! Ich will es so!«

Der Graf zuckte die Achseln, senkte gehorsam den Kopf und ergriff mit seiner weißen ringgeschmückten Hand eine Feder. Nachdem er ein Stück Papier abgerissen hatte, schrieb er etwas darauf.

»Gestatten Sie mir wenigstens, Herrn Woldemar zu erklären, worum es sich handelt«, begann Luschin mit spöttischer Stimme, »er sieht ja ganz verwirrt aus. Sehen Sie, junger Mann, wir machen Pfänderspiele. Die junge Fürstin erhält eine Strafe, und derjenige, der das Große Los zieht, hat das Recht, ihre Hand zu küssen. Haben Sie mich verstanden?«

Ich sah ihn nur an und stand immer noch benommen da. Sinaïda sprang wieder auf den Stuhl und schüttelte den Hut. Alle umringten sie, auch ich schloß mich ihnen an.

»Maidanow«, sagte Sinaïda zu einem großen jungen Mann mit hagerem Gesicht, kleinen trüben Äuglein und sehr langem schwarzem Haar, »als Dichter müßten Sie so großzügig sein, Ihren Zettel Monsieur Woldemar abzutreten, damit er mehr Chancen hat.«

Aber Maidanow schüttelte energisch den Kopf und warf seine Tolle zurück. Ich griff als letzter in den Hut, nahm den Zettel und faltete ihn auseinander . . . Mein Gott, wie wurde mir, als ich das Wort »Kuß« las.

»Kuß!« rief ich unwillkürlich aus.

»Bravo! Er hat gewonnen«, rief die junge Fürstin . . . »Wie ich mich freue!«

Sie sprang vom Stuhl und schaute mir so süß und strahlend in die Augen, daß mein Herz erbebte.

»Freuen Sie sich auch?« fragte sie mich.

»Ich? . . .« flüsterte ich.

»Verkaufen Sie mir Ihren Zettel«, krächzte plötzlich Belowsorow direkt über meinem Ohr. »Ich gebe Ihnen hundert Rubel.«

Ich erwiderte dem Husaren mit einem so vernichtenden Blick, daß Sinaïda in die Hände klatschte und Luschin »Bravo!« rief.

»Aber«, fuhr er fort, »als Zeremonienmeister bin ich verpflichtet, dafür zu sorgen, daß alle Regeln gewahrt werden. Monsieur Woldemar, lassen Sie sich auf ein Knie nieder. So ist es bei uns Brauch.«

Sinaïda stellte sich vor mich hin, neigte den Kopf ein wenig zur Seite, als wollte sie mich besser betrachten, und reichte mir würdevoll die Hand. Alles verschwamm vor meinen Augen, ich wollte mich auf ein Knie niederlassen, fiel aber auf beide Knie und berührte Sinaïdas Finger so ungeschickt mit den Lippen, daß ich mir die Nase ein wenig mit ihren Nägeln zerkratzte.

»Gut!« rief Luschin aus und half mir aufstehen.

Das Pfänderspiel wurde fortgesetzt. Sinaïda bat mich, neben ihr zu sitzen. Was dachte sie sich alles für Strafen aus! Unter anderem sollte sie eine »Statue« darstellen und suchte sich als Sockel den häßlichen Nirmazki aus, befahl ihm, sich auf den Bauch niederzulegen und den Kopf an die Schulter zu drücken. Keinen Augenblick verstummte das Gelächter. Dieser Lärm und dieses Getöse, diese ungezwungene, wilde Lustigkeit und das ungewohnte kameradschaftliche Beisammensein mit mir fast fremden Menschen stiegen mir, einem einsamen, streng erzogenen Jungen, der in einem würdevollen, steifen Herrenhaus groß geworden war, zu Kopf. Ich war berauscht, als hätte ich Wein getrunken. Ich lachte und redete lauter als die anderen, so daß sogar die alte Fürstin, die sich im Nebenzimmer mit einem Notar vom Iwerski-Tor beriet, herauskam, um mich zu betrachten. Ich war so glücklich, daß mich kein Spott und keine mißgünstigen Blicke störten. Sinaïda fuhr fort, mich zu bevorzugen, und ließ mich nicht von ihrer Seite. Bei Abbüßung einer Strafe mußte ich unter demselben Seidentuch neben ihr sitzen und ihr mein »Geheimnis« anvertrauen. Ich entsinne mich noch, wie unsere Köpfe plötzlich von einer warmen, duftenden, matten Dämmerung umschlossen wurden, wie nah und weich ihre Augen strahlten, wie heiß ihre geöffneten Lippen atmeten, wie ihre Zähne schimmerten und ihre Haare mich kitzelten und versengten. Ich schwieg. Sie lächelte geheimnisvoll und listig und flüsterte mir schließlich zu: »Nun, wie ist's?« Ich aber errötete noch mehr, lachte, wandte mich ab und konnte vor Seligkeit kaum atmen.

Des Pfänderspiels überdrüssig, begannen wir dann »Taler, Taler, du mußt wandern« zu spielen. Welches Entzücken bemächtigte sich meiner, wenn ich nicht aufpaßte und sie mir heftig auf die Finger schlug. Und ich weiß noch, daß ich mich dann verstellte, als paßte ich nicht auf, und sie mich neckte und die vorgestreckten Finger nicht berührte.

Was taten wir nicht alles im Laufe dieses Abends! Wir spielten Klavier, sangen, tanzten und bildeten ein Zigeunerlager. Nirmazki wurde als

Bär verkleidet und mußte Salzwasser trinken, Graf Malewski führte Kartenkunststücke vor, die darin gipfelten, daß er die Karten mischte und sich in einem Skat alle Trümpfe zuteilte, wozu Luschin die Ehre hatte, ihm zu gratulieren. Maidanow trug uns Verse aus seiner Ballade »Der Mörder« vor – es war ja damals die Blütezeit der Romantik – und erzählte uns von seiner Absicht, die Ballade in schwarzem Einband mit blutroten Titelbuchstaben herauszugeben. Dem Notar vom Iwerski-Tor wurde vom Schoß weg die Mütze gestohlen, und er mußte einen Kasatschok tanzen, um sie wiederzubekommen. Der alte Bonifatius wurde mit einer Haube geschmückt, und Sinaïda setzte sich seinen Hut auf den Kopf ... Unmöglich, alles aufzuzählen! Nur Belowsorow zog sich mit bösem, finsterem Gesicht immer mehr in eine Ecke zurück ... Manchmal stieg ihm das Blut zu Kopf, mit blutunterlaufenen Augen stand er da, und wir glaubten jeden Augenblick, nun würde er auf uns losstürzen und uns wie Hobelspäne in alle Himmelsrichtungen auseinanderwerfen. Aber die junge Fürstin sah ihn an, drohte ihm mit dem Finger, und er verkroch sich wieder in seine Ecke.

Wir waren schließlich völlig erschöpft. Obwohl

die alte Fürstin – wie sie selber sagte – von keinem Lärm und Getöse mehr aus der Fassung zu bringen war, fühlte auch sie sich müde und verlangte nach Ruhe. Gegen zwölf Uhr nachts wurde das Abendessen serviert, das aus einem alten vertrockneten Käse und Pasteten mit gehacktem Schinken bestand, die mir herrlicher erschienen als alle Pasteten, die ich bisher gegessen. Es gab nur eine Flasche Wein, und auch die war seltsam, dunkel, mit einem ausgebuchteten Hals, und der Wein schimmerte rosa. Übrigens trank ihn niemand. Glücklich und völlig erschöpft verließ ich den Flügel. Zum Abschied drückte mir Sinaïda fest die Hand und lächelte wieder geheimnisvoll.

Schwer und feucht umfing mich die Nacht und strich kühlend über mein erhitztes Gesicht. Ein Gewitter schien im Anzug. Schwarze Wolken wuchsen und glitten über den Himmel dahin, ständig ihre verschwommenen Umrisse verändernd. Ein Windstoß bebte in den dunklen Bäumen, und irgendwo in der Ferne grollte der Donner, feindlich und dumpf. Ich schlich über die Hintertreppe in mein Zimmer. Mein Diener schlief auf dem Fußboden, ich mußte über ihn hinwegsteigen. Er wachte auf, sah mich und berichtete, die Mutter sei wieder böse gewesen und hätte nach mir schicken wollen, aber Vater habe sie davon abgehalten. Ich ging sonst nie zu Bett, ohne ihr gute Nacht zu sagen und mich von ihr segnen zu lassen. Nun, dieses Mal war es nicht mehr zu ändern.

Ich sagte dem Diener, daß ich mich allein hinlegen und ausziehen würde, und löschte die Kerze. Aber ich zog mich nicht aus und legte mich nicht hin.

Ich setzte mich auf einen Stuhl und verharrte lange regungslos, als wäre ich verzaubert. Was ich empfand, war mir so neu und war so süß ... Unbeweglich saß ich da, schaute um mich her, atmete langsam und lachte nur leise hin und wieder, wenn ich mich des Abends erinnerte, oder fühlte mich von Kälteschauern geschüttelt, wenn ich daran dachte, daß ich mich verliebt hatte. Das also war die Liebe! In der Finsternis schimmerte Sinaïdas Gesicht, schwebte an mir vorbei und entschwebte mir doch nicht, ihre Lippen lächelten geheimnisvoll, die Augen betrachteten mich mit einem Seitenblick, fragend, nachdenklich und zärtlich ... wie in dem Augenblick, als ich mich von ihr verabschiedete. Schließlich erhob ich mich, ging zu meinem Bett und legte vorsichtig, ohne mich auszuziehen, den Kopf auf das Kissen, als fürchtete ich, die Seligkeit, die mich erfüllte, durch eine jähe Bewegung zu vertreiben.

Ich legte mich hin, schloß aber nicht einmal die Augen. Bald gewahrte ich den matten Widerschein eines Lichtes, das schwach in mein Zimmer drang ... Ich erhob mich und schaute zum Fenster, dessen Kreuz sich deutlich und geheimnisvoll vom milchigen Schimmer der Scheiben abhob. »Ein Gewitter«, dachte ich – und ein Gewitter war es auch, aber weit entfernt, so daß man den Donner nicht vernahm. Über den Himmel zuckten nur lange, weitverzweigte Blitze, deren mattes Licht nicht aufzuflammen, sondern wie die Flügel eines sterbenden Vogels zu flattern und zu zittern schien. Ich ging zum Fenster und blieb dort bis zum Morgengrauen stehen ... Keinen Augenblick ließen die Blitze nach, eine echte »Sperlingsnacht«, wie wir in Rußland sagen. Ich schaute auf die Sandebene, die in großem Schweigen vor mir lag, mein Blick verlor sich in der Finsternis des Neskutschny-Parks und glitt über die weit entfernten gelben Häuserfassaden, die im Wetterleuchten aufzuflammen schienen ... Ich schaute und konnte mich von dem Bild nicht losreißen ... Dieses stumme Zukken der Blitze, die verhaltene Glut ihrer Strahlen schienen der geheimen, stummen Glut meiner Liebe zu entsprechen. Der Morgen graute. Die roten Flammen der Morgenröte brannten am Himmel. Die Blitze wurden immer blasser, je mehr die Sonne sich nahte. Immer seltener zuckten sie auf und verloren sich schließlich im sieghaften, nüchternen Licht des neuen Tages . . .

Auch in mir schwanden die Blitze. Ich spürte eine große Müdigkeit und Ruhe . . . aber Sinaïdas Bild schwebte immer noch triumphierend vor mir. Doch auch dieses Bild erschien mir ruhiger und sanfter, wie ein aus Sumpfgräsern aufsteigender Schwan löste es sich von den anderen unansehnlichen Gestalten, von denen es umringt gewesen war. Im Einschlafen umfaßten es meine Gedanken noch einmal voll vertrauensvoller Ehrfurcht . . .

Oh, diese sanften Gefühle, weichen Klänge, Güte und Verstummen eines bewegten Herzens, schüchterne Freude der ersten Liebe, wo seid ihr?

8

Als ich am nächsten Morgen zum Tee erschien, schalt mich meine Mutter – allerdings weniger, als ich erwartet hatte – und ließ mich vom vorhergehenden Abend berichten. Ich antwortete ihr wortkarg, ließ viele Einzelheiten aus und bemühte mich, allem einen möglichst harmlosen Schein zu verleihen.

»Immerhin sind es Leute, die nicht comme il faut sind«, meinte meine Mutter, »und es ist unnütz, daß du hinläufst, statt dich auf deine Prüfung vorzubereiten und zu lernen.«

Da ich wußte, daß Mutters Sorge um meine Prüfungsarbeiten mit diesen wenigen Worten erschöpft sein würde, hielt ich es nicht für notwendig, ihr zu widersprechen, aber nach dem Tee nahm Vater mich am Arm, führte mich in den Garten und ließ sich alles erzählen, was ich bei Sassekins gesehen hatte.

Der Einfluß, den mein Vater auf mich ausübte, war seltsam, und seltsam war auch unser Verhältnis zueinander. Er kümmerte sich kaum um meine Erziehung, kränkte mich aber nie, er achtete meine Freiheit und war sogar – wenn man sich so ausdrücken kann – höflich zu mir . . . nur ließ er mich nicht nah an sich heran. Ich liebte ihn, bewunderte ihn, er erschien mir als das Ideal eines Mannes. – Mein Gott, wie leidenschaftlich hätte ich mich ihm angeschlossen, wenn ich nicht immer seine innere Abwehr empfunden hätte. Wollte er jedoch, so konnte er in einem Augenblick, mit einem Wort, einer Bewegung, mein unbegrenztes Vertrauen erwecken. Ich schüttete ihm dann mein Herz aus, ich sprach wie mit einem einsichtigen Freund, einem nachsichtigen Erzieher mit ihm . . . Dann verließ er mich aber ebenso unvermittelt . . . und wieder spürte ich die innere Abwehr, die sich freundlich und weich, aber entschlossen jede Annäherung verbat.

Manchmal bemächtigte sich seiner eine ausgelassene Fröhlichkeit. Er tobte dann wie ein kleiner Junge mit mir herum – starke körperliche Bewegung liebte er überhaupt –, und einmal, ein einziges Mal, war er sogar so zärtlich zu mir gewesen, daß ich beinah geweint hätte. Aber Fröhlichkeit und Zärtlichkeit verschwanden spurlos, als hätte ich davon geträumt, und ließen nichts für die Zukunft erhoffen. Manchmal betrachtete ich sein kluges, schönes, helles Gesicht . . . mein Herz begann zu beben, und mein ganzes Wesen drängte zu ihm. Er schien zu fühlen, was in mir vorging, streichelte mir im Vorübergehen die Wange, ging fort, um sich mit irgend etwas zu beschäftigen, oder erstarrte plötzlich, wie nur er es konnte, und ich verkroch mich dann sofort, von einer starren Kälte erfaßt. Die seltenen Ausbrüche seiner Zuneigung wurden nie durch mein stummes, aber offensichtliches Flehen hervorgerufen: Sie kamen gänzlich unerwartet. Als ich später über den Charakter meines Vaters nachdachte, kam ich zu der Schlußfolgerung, daß sowohl ich als auch das Familienleben ihm gleichgültig waren, er liebte etwas anderes und hatte dieses andere in vollen Zügen genossen. »Nimm, was du kannst, aber liefere dich nicht anderen aus. Sich selbst gehören – darin besteht die ganze Lebenskunst«, sagte er mir einmal. Ein anderes Mal, als ich, junger Demokrat, in seiner Gegenwart über die Freiheit philosophierte – er war an diesem Tage freundlich, da konnte man mit ihm über alles reden –, erwiderte er: »Freiheit? Weißt du auch, was dem Menschen die Freiheit zu geben vermag?«

»Was?« fragte ich.

»Der Wille, der eigene Wille, er verleiht dir eine

Macht, die schöner als die Freiheit ist. Lerne wollen, und du wirst frei sein und anderen befehlen.«

Mein Vater wollte vor allem leben – und er hat gelebt . . . Vielleicht ahnte er, daß er sein Leben nicht lange genießen würde: Er starb mit zweiundvierzig Jahren.

Ich schilderte meinem Vater ausführlich meinen Besuch bei Sassekins. Er saß auf einer Bank, hörte mir bald aufmerksam, bald zerstreut zu und zeichnete mit der Spitze der Reitgerte im Sand. Er lächelte hin und wieder, sah mich mit hellen, belustigten Blicken an und spornte mich mit Fragen und Ausrufen neckend zum Weitererzählen an. Anfangs traute ich mich gar nicht, Sinaïdas Namen auszusprechen, konnte mich aber nicht länger beherrschen und begann sie zu rühmen. Mein Vater lächelte immer noch. Dann wurde er nachdenklich, reckte sich und stand auf.

Es fiel mir ein, daß er sich, ehe er das Haus verließ, das Pferd hatte satteln lassen. Er war ein ausgezeichneter Reiter und konnte – lange vor Herrn Rary – die wildesten Pferde bändigen.

»Darf ich mit dir reiten, Papa?« fragte ich ihn.

»Nein«, erwiderte er, und sein Gesicht nahm den gewohnten, gleichgültig-freundlichen Ausdruck an. »Reite allein, wenn du willst, und sage dem Kutscher, daß ich nicht reiten werde.«

Er wandte mir den Rücken zu und entfernte sich rasch. Ich folgte ihm mit dem Blick. Er verschwand hinter dem Tor. Ich sah, wie sein Hut sich am Zaun entlang bewegte, er ging zu Sassekins.

Er blieb nicht länger als eine Stunde bei ihnen, fuhr aber gleich darauf in die Stadt und kehrte erst gegen Abend zurück.

Nach dem Mittagessen begab ich mich zu Sassekins. Im Salon traf ich nur die alte Fürstin an. Als sie mich erblickte, kratzte sie sich den Kopf unter der Haube mit einer Stricknadel und fragte mich, ob ich ihr ein Gesuch abschreiben könne.

»Gern«, erwiderte ich und setzte mich auf eine Stuhlkante.

»Schreiben Sie aber bitte recht große Buchstaben«, sagte die Fürstin und reichte mir ein verschmiertes Blatt. »Und ginge es vielleicht schon heute?«

»Ich schreibe es heute noch ab.«

Die Tür aus dem Nebenzimmer öffnete sich ein wenig, und Sinaïdas Gesicht tauchte auf, blaß, nachdenklich, das Haar nachlässig zurückgeworfen. Sie sah mich mit großen, kalten Augen an und schloß die Tür wieder.

»Sina, Sina«, rief die Alte. Sinaïda antwortete nicht. Ich nahm das Gesuch der alten Frau und verbrachte den ganzen Abend damit.

9

An diesem Abend begann meine Leidenschaft. Ich empfand wohl dasselbe wie ein Mensch, der zum ersten Mal ein Amt übernimmt. Ich war kein Junge mehr, ich war ein Verliebter. Wie gesagt, begann an diesem Tage meine Leidenschaft. Im wahrsten Sinne des Wortes, hätte ich sagen können; denn auch meine Leiden begannen an diesem Tage. Ich verging vor Sehnsucht, wenn ich Sinaïda nicht sah, vermochte keinen Gedanken zu fassen, alles fiel mir aus der Hand, und ich dachte tagelang nur an sie ... war unglücklich, aber auch ihre Gegenwart tröstete mich nicht. Ich war eifersüchtig, war mir meiner Nichtigkeit bewußt, schmollte wie ein Tor und erniedrigte mich töricht. Und trotzdem trieb eine unwiderstehliche Macht mich zu ihr, jedesmal betrat ich mit seligem Beben ihr Zimmer. Sinaïda erriet sofort, daß ich in sie verliebt war, ich dachte auch nicht daran, es zu verheimlichen. Sie ergötzte sich an meiner Leidenschaft, neckte, verwöhnte und quälte mich. Süß ist es, die einzige Quelle, der selbstherrliche und unumschränkte Anlaß höchster Freuden und tiefster Qualen zu sein, war ich doch weiches Wachs in Sinaïdas Händen. Übrigens nicht ich allein, alle Männer, die ins Haus kamen, waren in sie verliebt, waren wie von Sinnen, und alle verstand sie im Zaum zu halten, alle lagen sie demütig zu ihren Füßen. Es bereitete ihr das größte Vergnügen, Hoffnungen und Befürchtungen in ihnen zu erwecken, launisch mit ihnen zu spielen – sie nannte es: ihre Köpfe aneinanderzuschlagen –, und ihre Verehrer dachten nicht einmal an einen Widerstand und unterwarfen sich nur allzugern. Der Charme ihrer Schönheit und Lebhaftigkeit, die seltsame Mischung von Schlauheit und Leichtsinn, Manieriertheit und Natürlichkeit, Ruhe und Ausgelassenheit übte eine hinreißende Anziehungskraft aus. Ein feiner Reiz lag über allem, was sie tat und sagte, über jeder Bewegung, ihr ganzes Wesen verriet eine eigenartige, spielende Kraft. Auch ihr Gesichtsausdruck änderte sich ständig und konnte beinah gleichzeitig Spott, Nachdenklichkeit und Leidenschaft verraten. Die verschiedenartigsten Gefühle huschten leicht und schnell wie Schatten ziehender Wolken an einem sonnigen Tag über ihre Augen und Lippen.

Sie brauchte jeden ihrer Verehrer. Belowsorow, den sie manchmal »mein Tier«, manchmal aber auch nur »der Meinige« nannte, wäre für sie ins Feuer gesprungen. Da er zu seinen geistigen Fähigkeiten und übrigen Tugenden wenig Vertrauen hatte, bot er ihr immerfort die Ehe an und gab ihr zu verstehen, daß die anderen nur davon redeten. Maidanow befriedigte die poetischen Seiten ihres Wesens. Wie beinah alle Dichter war er eine kühle Natur und suchte sie – sich selbst vielleicht auch – davon zu überzeugen, daß er sie anbete, und besang sie in endlosen Versen, die er ihr mit einem seltsamen Gemisch echter und gekünstelter Begeisterung vorlas. Sie empfand Teilnahme für ihn und machte sich auch ein wenig lustig über ihn. Seinen Versen glaubte sie nicht unbedingt und ließ ihn hinterher Puschkin vorlesen, um – wie sie erklärte – die Luft zu reinigen. Der spöttische Arzt Dr. Luschin, dessen Äußerungen so zynisch klangen, kannte sie am besten und liebte sie am meisten von allen, obwohl er sie häufig direkt und auch hinter ihrem Rücken tadelte. Sie achtete ihn, verstand es aber, ihm nichts durchgehen und ihn mit boshaftem Vergnügen fühlen zu lassen, daß auch er in ihren Händen sei.

»Ich soll eine herzlose Kokette, eine Komödiantin sein«, sagte sie einmal zu ihm in meiner Gegenwart. »Schön! Geben Sie mir Ihre Hand, ich werde eine Stecknadel hineinbohren. Sie werden sich vor diesem jungen Mann schämen, es wird Ihnen weh tun, und doch werden Sie, mein lieber Wahrheitsapostel, dabei lachen!« Luschin errötete, wandte sich ab, biß sich auf die Lippen. Es endete jedoch damit, daß er ihr seine Hand reichte. Sie stach ihn, und er lachte tatsächlich ... Auch sie lachte, während sie die Stecknadel ziemlich tief in seine Hand bohrte und ihm in die Augen schaute, die er vergeblich rollte ...

Am wenigsten verstand ich das Verhältnis zwischen Sinaïda und dem Grafen Malewski. Er sah gut aus, war geschickt, klug, aber sogar ich, der Sechzehnjährige, fühlte etwas Falsches, Verdächtiges in ihm. Ich wunderte mich, daß Sinaïda es nicht merkte. Vielleicht spürte sie es auch, verachtete jedoch diese Unaufrichtigkeit nicht. Eine falsche Erziehung, merkwürdige Bekanntschaften und

Gewohnheiten, die ständige Anwesenheit der Mutter, Armut und Unordnung im Hause, angefangen mit der Freiheit, deren sich das junge Mädchen, im Bewußtsein ihrer Überlegenheit über die Menschen, die sie umgaben, erfreute, hatten diese verächtliche Nachlässigkeit und Anspruchslosigkeit in ihr entwickelt. Was auch kommen mochte – ob Bonifatius meldete, daß kein Zucker da sei, ob irgendein gemeiner Klatsch ans Tageslicht kam oder die Gäste in Streit gerieten –, sie schüttelte nur ihre Locken, sagte »Unsinn!« und kümmerte sich nicht darum.

Dagegen geriet mein Blut in Wallung, wenn Malewski, sich wie ein Fuchs mit listiger Miene in den Hüften wiegend, zu ihr trat, sich graziös auf die Lehne ihres Stuhles stützte und ihr mit selbstzufriedenem und einschmeichelndem Lächeln etwas ins Ohr zu flüstern begann, sie aber, mit auf der Brust gekreuzten Armen, aufmerksam zu ihm aufschaute und lächelnd den Kopf schüttelte.

»Was kann es Ihnen für Freude bereiten, Malewski zu empfangen?« fragte ich sie einmal.

»Er hat einen so entzückenden Schnurrbart«, erwiderte sie. »Aber das verstehen Sie ja nicht.«

»Glauben Sie etwa, daß ich ihn liebe?« fragte sie

mich ein anderes Mal. »Nein, Männer, auf die ich herabschauen muß, kann ich nicht lieben. Ich brauche einen Mann, der mich niederzwingt . . . Aber einen solchen werde ich ja, Gott sei Dank, nicht finden! Nein, ich werde mich nie einem Mann ausliefern, niemals!«

»Also werden Sie nie lieben?«

»Liebe ich Sie denn nicht?« rief sie aus und schlug mir mit ihrem Handschuh auf die Nase.

Ja, Sinaïda machte sich über mich lustig. Im Laufe von drei Wochen sah ich sie täglich. Und was sie nicht alles mit mir anstellte! Zu uns kam sie selten, und ich bedauerte es nicht; denn in unserm Hause verwandelte sie sich in ein wohlerzogenes Fräulein, eine Fürstin, und ich fühlte mich in ihrer Gegenwart gehemmt. Ich fürchtete, mich vor meiner Mutter zu verraten; denn sie liebte Sinaïda nicht und beobachtete uns unfreundlich. Meinen Vater fürchtete ich nicht so sehr, er schien mich gar nicht zu bemerken, redete auch mit ihr nicht viel, aber was er sagte, war klug und bedeutsam. Ich arbeitete und las nicht mehr, hatte meine Spaziergänge und Ritte in die Umgebung aufgegeben und umkreiste wie ein an den Beinen angebundener Käfer das geliebte Haus.

Am liebsten wäre ich ganz dort geblieben, aber das war unmöglich, meine Mutter schalt mich, und manchmal verjagte mich auch Sinaïda. Dann schloß ich mich in meinem Zimmer ein oder flüchtete in das äußerste Ende des Gartens, kletterte auf die Ruine der großen steinernen Orangerie, saß stundenlang mit herunterhängenden Beinen auf der Mauer an der Straße und starrte in die Ferne, ohne etwas zu sehen. Weiße Schmetterlinge flatterten träge über die verstaubten Brennesseln neben mir, ein übermütiger Spatz ließ sich auf einem zerbrochenen roten Ziegelstein in meiner Nähe nieder und zwitscherte aufreizend, mit dem ganzen Körper und dem gespreizten Schwanz hin- und herwippend, mißtrauische Krähen krächzten hin und wieder vom Gipfel einer kahlen Birke, Wind und Sonne spielten mit ihren dünnen Zweigen, ab und zu flogen vereinzelte Töne des friedlichen, wehmütigen Glockengeläutes des Donskoi-Klosters herüber, ich aber saß da, schaute und lauschte, von einem namenlosen Gefühl erfüllt, das alles umfaßte: Trauer, Freude, Vorahnung des Kommenden, Sehnsucht und Angst vor dem Leben. Aber ich begriff diese Gefühle, die in mir gärten, damals noch nicht und hätte sie gar nicht oder nur mit einem Namen, dem Sinaïdas, benennen können.

Inzwischen spielte Sinaïda weiter mit mir wie eine Katze mit der Maus. Bald kokettierte sie mit mir, worauf ich vor Aufregung und Rührung verging – dann stieß sie mich wieder zurück, und ich wagte nicht, mich ihr zu nähern, wagte nicht einmal, sie anzuschaun.

Ich erinnere mich, daß sie mich mehrere Tage nacheinander sehr kühl behandelt hatte. Ich war ganz eingeschüchtert, und wenn ich in den Flügel ging, suchte ich mich feige in der Nähe der alten Fürstin aufzuhalten, obwohl sie damals viel schalt und klagte; denn ihre Wechselangelegenheiten standen sehr schlecht, und sie hatte bereits zwei Auseinandersetzungen mit dem Polizeiaufseher gehabt.

Als ich eines Tages durch unseren Garten am Zaun entlangging, erblickte ich Sinaïda, die auf dem Rasen saß, den Kopf auf beide Hände gestützt, und sich nicht regte. Ich wollte mich behutsam entfernen, aber sie hob den Kopf und machte mir eine befehlende Geste. Ich begriff nicht und erstarrte vor Überraschung. Sie wiederholte das Zeichen, worauf ich sofort über den Zaun sprang und erfreut zu ihr lief. Sie hielt mich mit ihrem Blick zurück und deutete auf den Weg, zwei Schritt von ihr entfernt. Verlegen wußte ich nicht, was ich tun sollte, und kniete am Wegrand nieder. Sie war so blaß, und ihre Züge verrieten einen so bitteren Kummer, eine so große Müdigkeit, daß mein Herz sich zusammenkrampfte und ich unwillkürlich flüsterte: »Was haben Sie?«

Sinaïda streckte die Hand aus, riß einen Grashalm ab, biß ihn durch und warf ihn weit fort.

»Lieben Sie mich sehr?« fragte sie mich schließlich. »Ja?«

Ich erwiderte nichts – wozu sollte ich auch?

»Ja?« wiederholte sie, mich immer noch ansehend. »So ist es. Dieselben Augen«, sagte sie, wurde nachdenklich und verbarg ihr Gesicht in den Händen. »Alles ist mir widerlich geworden«, flüsterte sie, »ans Ende der Welt möchte ich laufen, ich halte es nicht mehr aus, werde damit nicht mehr fertig ... Und was erwartet mich in der Zukunft! ... Ach, wie schwer es ist ... Mein Gott, wie schwer!«

»Weshalb?« fragte ich zaghaft.

Sinaïda antwortete nicht und zuckte nur die Achseln. Ich kniete immer noch und betrachtete sie mit tiefem Kummer. Jedes ihrer Worte schnitt mir ins Herz. In diesem Augenblick hätte ich gern mein Leben hingegeben, um sie nur nicht so traurig zu sehen. Ich betrachtete sie und malte mir in lebhaften Farben aus – ohne den Grund ihrer Trauer zu begreifen –, wie sie, von Kummer übermannt, in den Garten geflüchtet und dort auf dem Rasen zusammengebrochen war. – Um uns grünte und leuchtete alles in hellem Glanz, der Wind fuhr raschelnd durch das Laub der Bäume und bewegte hin und wieder einen Zweig des Himbeerstrauches über Sinaïdas Kopf. Irgendwo gurrten Tauben, Bienen summten und flogen niedrig über dem Rasen hin. Ein freundlicher Himmel spannte seine Bläue über die Erde – mir aber war so traurig zumute . . .

»Sagen Sie mir igendein Gedicht auf«, sagte Sinaïda leise und stützte sich auf den Ellbogen. »Ich mag es, wenn Sie Verse sprechen. Sie haben einen singenden Tonfall, aber das schadet nichts, darin offenbart sich Ihre Jugend. Sagen Sie mir ›Auf Grusiens Hügeln‹ auf, aber setzen Sie sich vorher.«

Ich setzte mich und sprach »Auf Grusiens Hügeln«.

»Der Liebe widerstehen kann es nicht«, wiederholte Sinaïda. »Das ist das Schöne an der Poesie, sie sagt uns das, was es nicht gibt, was aber gleichzeitig nicht nur schöner, sondern auch der Wahrheit näher ist als die Wirklichkeit.«

». . . Der Liebe widerstehen kann es nicht – das Herz möcht' widerstehn, doch kann es nicht.« – Sie verstummte wieder, fuhr plötzlich auf und erhob sich. – »Kommen Sie! Maidanow sitzt bei Mama. Er hat mir sein Gedicht mitgebracht, ich aber bin fortgelaufen. Auch er ist jetzt traurig . . . daran läßt sich nichts ändern! Sie werden es eines Tages erfahren . . . aber seien Sie mir dann nicht böse!«

Sinaïda drückte mir rasch die Hand und lief voran. Wir gingen ins Haus. Maidanow las uns seinen soeben erschienenen »Mörder« vor, aber ich hörte nicht zu. Er stieß seine vierfüßigen Jamben in singendem Tonfall schreiend hervor, die Reime lösten sich ab und klangen leer und laut wie Schellengeläute. Ich betrachtete die ganze Zeit Sinaïda und zerbrach mir den Kopf über ihre letzten Worte.

»Und hat vielleicht ein Nebenbuhler
dich mir entrissen unverhofft?«

rief Maidanow näselnd aus, und unsere Blicke – meiner und Sinaïdas – trafen sich. Sie errötete und senkte die Lider. Ich sah ihr Erröten und wurde kalt vor Schreck. Ich war schon früher eifersüchtig gewesen, aber erst in diesem Augenblick tauchte plötzlich der Gedanke auf, daß sie nun wirklich liebte. »Mein Gott, sie liebt!«

10

Mein wirkliches Leiden begann von diesem Augenblick an. Ich zerbrach mir den Kopf, überlegte, verwarf meine Vermutungen und beobachtete Sinaïda heimlich, soweit es möglich war. Die Veränderung, die in ihr vor sich gegangen war, war offensichtlich. Sie ging allein spazieren und blieb lange fort. Manchmal erschien sie nicht, wenn Gäste da waren, und saß stundenlang allein in ihrem Zimmer. Früher hatte sie das nie getan. Ich wurde plötzlich – oder schien es mir nur, daß ich es wurde? – außerordentlich scharfsinnig. »Ist er es oder ist er es nicht?« fragte ich mich, in Gedanken besorgt ihre Verehrer aufzählend. Graf Malewski schien mir – obwohl ich mich für Sinaïda schämte, es einzugestehen – der Gefährlichste zu sein.

Meine Beobachtungsgabe reichte nicht weiter

als meine Nasenspitze, und meine Heimlichkeit täuschte wohl niemanden. Vor allem Dr. Luschin nicht, der mich bald durchschaute. Übrigens hatte auch er sich in letzter Zeit verändert: Er war abgemagert, lachte noch ebensooft, aber dumpfer, böser, kürzer; eine nervöse Reizbarkeit war an Stelle der leichten Ironie und des gespielten Zynismus getreten.

»Weshalb kommen Sie eigentlich unentwegt hierher, junger Mann?« fragte er mich eines Tages, als wir in Sassekins Salon allein geblieben waren. – Die junge Fürstin war noch nicht vom Spaziergang zurückgekehrt, und die kreischende Stimme der alten ertönte im Zwischenstock; sie schalt ihr Mädchen. – »Lernen müßten Sie, arbeiten – solange Sie noch jung sind –, und was machen Sie?«

»Sie können ja nicht wissen, ob ich nicht zu Hause arbeite«, erwiderte ich herablassend, aber ein wenig verlegen.

»Was kann das schon für eine Arbeit sein! Sie haben andere Gedanken! Nun, ich bestreite nicht . . . daß das in Ihrem Alter natürlich ist. Aber Ihre Wahl ist falsch. Sehen Sie denn nicht, was das für ein Haus ist?«

»Ich verstehe Sie nicht«, erwiderte ich.

»Verstehen mich nicht? Um so schlimmer für Sie! Ich halte es für meine Pflicht, Sie zu warnen. Ich alter Junggeselle bin abgebrüht, was kann mir schon passieren, wenn ich herkomme, an mir prallt alles ab. Sie aber sind ein zartes Pflänzchen, und diese Luft ist Gift für Sie! Glauben Sie mir, daß Sie sich anstecken können!«

»Wieso?«

»Wieso? Sind Sie jetzt etwa gesund? Ist Ihr Zustand etwa normal? Glauben Sie, das, was Sie jetzt fühlen, ist gut und nützlich für Sie?«

»Was fühle ich denn?« fragte ich, im geheimen dem Arzt recht gebend.

»Ach, junger Mann, junger Mann!« fuhr der Doktor mit einem Ausdruck fort, als enthielten diese Worte etwas äußerst Kränkendes für mich. »Spielen Sie nicht den Schlauen, Ihnen kann man ja, Gott sei Dank, alles, was Sie denken, vom Gesicht ablesen. Übrigens, was hilft das Reden! Auch ich käme nicht hierher, wenn . . .« – der Arzt biß die Zähne zusammen – ». . . wenn ich nicht solch ein Sonderling wäre! Aber ich wundere mich nur, daß Sie mit Ihrem Verstand nicht sehen, was um Sie her vor sich geht.«

»Was geht denn vor sich?« fragte ich und war ganz Aufmerksamkeit.

Der Arzt sah mich mit spöttischem Mitleid an.

»Auch ich bin ein Narr«, sagte er, als führe er ein Selbstgespräch. »Wozu sage ich ihm das? Kurz und gut«, fügte er mit erhobener Stimme hinzu, »ich wiederhole Ihnen: Die Luft in diesem Hause ist schädlich für Sie. Sie ist Ihnen angenehm, doch auch in einem Gewächshaus duftet es schön, aber leben kann man dort nicht. Hören Sie auf meinen Rat, nehmen Sie Ihren Kaidanow wieder vor!«

Die Fürstin trat ein und beklagte sich über Zahnschmerzen. Dann erschien Sinaïda.

»Schelten Sie sie, Herr Doktor«, sagte die Fürstin. »Sie trinkt den ganzen Tag eisgekühltes Wasser. Ist das etwa gesund? Bei ihren schwachen Lungen!«

»Weshalb tun Sie das?« fragte Luschin.

»Was kann es schaden?«

»Sie können sich erkälten und sterben.«

»Tatsächlich? Im Ernst? Und wenn schon? Warum nicht dieser Weg?«

»So ist es also«, brummte der Arzt.

Die Fürstin ging aus dem Zimmer.

»So ist es«, wiederholte Sinaïda. »Meinen Sie, es

wäre so lustig zu leben? Schauen Sie sich nur um ... Was ist schön? Oder glauben Sie, daß ich es nicht sehe und nicht fühle? Mir macht es Spaß, eisgekühltes Wasser zu trinken, und Sie wollen mir einreden, es lohne sich, einen Augenblick des Vergnügens – ich rede schon gar nicht von Glück – für dieses Leben zu opfern?«

»Na ja«, meinte Luschin. »Launen und Unabhängigkeitsgelüste ... Diese zwei Worte zeichnen Sie ganz.«

Sinaïda lachte nervös auf.

»Sie kommen einen Tag zu spät, lieber Doktor! Beobachten schlecht, sind zurückgeblieben! Setzen Sie sich eine Brille auf! Nicht um Launen handelt es sich jetzt! Nicht darum, euch oder mich zum Narren zu halten ... als wäre das sehr lustig! Und was die Unabhängigkeitsgelüste betrifft ... Monsieur Woldemar«, rief sie plötzlich und stampfte mit dem Fuß auf, »machen Sie kein so melancholisches Gesicht! Mitleid hasse ich!« Und sie lief rasch aus dem Zimmer.

»Schädlich, schädlich ist die hiesige Atmosphäre für Sie, junger Mann«, sagte mir Luschin noch einmal.

11

Am Abend desselben Tages versammelten sich bei Sassekins die gewohnten Gäste. Ich war darunter.

Wir unterhielten uns über Maidanows Gedicht. Sinaïda lobte es aufrichtig. »Aber wissen Sie«, sagte sie zu ihm, »ich hätte als Dichter ein anderes Thema gewählt. Vielleicht ist es Unsinn, doch des Morgens, wenn ich nicht schlafen kann, wenn der Himmel grau und rosa schimmert, kommen mir eigenartige Gedanken. Ich würde zum Beispiel ... werden Sie mich auch nicht auslachen?«

»Nein, nein!« riefen wir alle einstimmig.

»Ich würde«, fuhr sie fort, die Arme auf der Brust gekreuzt, den Blick abgewandt, »eine ganze Gesellschaft junger Mädchen nachts in einem großen Boot auf einem stillen Fluß schildern. Der Mond scheint, sie sind alle weiß gekleidet, tragen weiße Blumenkränze und singen ... wissen Sie, so etwas wie eine Hymne.«

»Ich verstehe, verstehe, fahren Sie fort«, sagte träumerisch und bedeutsam Maidanow.

»Plötzlich ertönen Lärm, Gelächter, Tamburinklänge, und Fackeln erglühen am anderen Ufer ... Eine Bacchantinnenschar stürmt singend und schreiend heran. Dieses Bild genau zu schildern ist schon Ihre Angelegenheit, Herr Poet! Doch die Fackeln müssen rot sein und stark rauchen, das wünsche ich – und die Augen der Bacchantinnen unter den Kränzen leuchten, diese Kränze sollen aber dunkel sein. Auch Tigerfelle, Schalen und Gold, viel Gold dürfen Sie nicht vergessen!«

»Wo soll denn das Gold sein?« fragte Maidanow, sein glattes Haar zurückwerfend und die Nüstern blähend.

»Wo? Auf den Schultern, den Armen, den Füßen, überall! Man sagt, daß die Frauen im Altertum Gold an den Fußgelenken trugen. Die Bacchantinnen rufen die Mädchen zu sich. Die Mädchen hören mit ihrer Hymne auf – sie können plötzlich nicht mehr weitersingen –, aber sie bleiben regungslos im Boot. Die Wellen des Stromes tragen sie ans Ufer. Und plötzlich erhebt sich eine von ihnen ganz leise ... Das muß gut beschrieben werden, wie sie leise im Mondschein aufsteht und wie ihre Freundinnen erschrecken ... Sie schreitet über den Rand des Bootes, die Bacchantinnen umringen sie, stürmen mit ihr davon und verlieren sich in der Finsternis der Nacht ... Stellen Sie sich große Rauchwolken vor und ein Chaos ...

Man hört nur die Schreie der Bacchantinnen und sieht den Kranz der Geflüchteten auf dem Ufer . . .«

Sinaïda verstummte. – »Oh, sie liebt«, dachte ich wieder.

»Ist das alles?« fragte Maidanow.

»Ja«, erwiderte sie.

»Der Stoff genügt nicht für eine größere Dichtung, ein Poem«, sagte er mit wichtiger Miene. »Aber ich werde Ihre Idee für ein lyrisches Gedicht nehmen.«

»Für ein romantisches Gedicht?« fragte Malewski.

»Ja, natürlich, in Byrons Art.«

»Ich finde Hugo besser als Byron«, sagte der junge Graf nachlässig, »er ist interessanter.«

»Hugo ist ein Schriftsteller ersten Ranges«, erwiderte Maidanow, »und mein Freund Tonkoschejew hat in seinem spanischen Roman ›El Trobador‹ . . .«

»Ach, ist das das Buch mit den umgekehrten Fragezeichen?« erkundigte sich Sinaïda.

»Ja, das ist so Sitte bei den Spaniern. Ich wollte sagen, daß Tonkoschejew . . .«

»Sie wollen wieder über den Klassizismus und

die Romantik streiten«, unterbrach Sinaïda ihn von neuem, »spielen wir lieber . . .«

»Pfänderspiel?« fragte Luschin.

»Nein, das ist mir zu langweilig. Spielen wir lieber ›Vergleichen‹.«

Dieses Spiel hatte Sinaïda selbst erfunden. Ein Gegenstand wurde genannt, jeder versuchte, ihn mit irgend etwas zu vergleichen, und wer den besten Vergleich gefunden hatte, erhielt einen Preis. Sie trat ans Fenster. Die Sonne war soeben untergegangen, hoch am Himmel glühten lange rote Wolken.

»Wem gleichen diese Wolken?« fragte Sinaïda und fügte hinzu, ohne eine Antwort abzuwarten: »Ich finde, sie gleichen den Purpursegeln am Goldschiff Kleopatras, als sie Antonius entgegenfuhr. Erinnern Sie sich, Maidanow, Sie erzählten mir vor kurzem davon.«

Wir alle beschlossen, wie Polonius im ›Hamlet‹, daß die Wolken gerade diesen Segeln ähnelten und daß ein besserer Vergleich nicht gefunden werden konnte.

»Wie alt war Antonius damals?« fragte Sinaïda.

»Er war bestimmt ein junger Mann«, sagte Malewski.

»Ja, er war jung«, bestätigte Maidanow.

»Entschuldigen Sie«, rief Luschin aus, »er war über vierzig.«

»Über vierzig«, wiederholte Sinaïda und warf ihm einen schnellen Blick zu.

Ich ging bald nach Hause. – »Sie hat sich verliebt«, flüsterte ich unwillkürlich. »Aber in wen?«

12

Die Tage vergingen. Sinaïda wurde immer seltsamer, und ich verstand sie immer weniger. Eines Tages kam ich zu ihr und sah sie auf einem Stuhl sitzen, den Kopf auf die scharfe Kante eines Tisches gepreßt. Sie richtete sich auf, ihr Gesicht war von Tränen überströmt.

»Ah, Sie sind es«, sagte sie mit einem grausamen Lächeln. »Kommen Sie mal her!«

Ich trat zu ihr. Sie legte ihre Hand auf meinen Kopf, packte mich plötzlich an den Haaren und begann, sie hin und her zu zerren.

»Es tut weh . . .«, sagte ich schließlich.

»Ah, es tut weh! Und mir tut es nicht weh? Tut's wohl nicht weh?« wiederholte sie.

»Oh!« schrie sie plötzlich auf, als sie sah, daß sie mir ein Büschel Haare ausgerissen hatte. »Was habe ich getan! Armer Monsieur Woldemar!«

Sie glättete vorsichtig die ausgerissenen Haare und wand sie um den Finger zu einem Ring.

»Ich werde Ihr Haar in mein Medaillon legen und es immer tragen«, sagte sie mit Tränen in den Augen. »Vielleicht wird Sie das ein wenig trösten . . . Und nun auf Wiedersehen!«

Ich kehrte nach Hause zurück. Dort erwartete mich etwas Unangenehmes. Meine Mutter hatte eine Auseinandersetzung mit meinem Vater. Sie machte ihm Vorwürfe, er aber schwieg höflich und kühl, wie es seine Gewohnheit war, und fuhr dann sehr bald fort. Ich konnte nicht hören, was meine Mutter sagte, hatte auch anderes im Kopf. Ich weiß nur, daß sie mich, nachdem die Unterredung beendet war, in ihr Zimmer rief und sich sehr unzufrieden über meine häufigen Besuche bei der Fürstin äußerte. Sie war ihrer Ansicht nach »une femme capable de tout«. Ich küßte ihre Hand, das tat ich stets, wenn ich ein Gespräch beenden wollte, und ging in mein Zimmer. Sinaïdas Tränen hatten mich aus der Fassung gebracht. Ich wußte nicht mehr, was ich denken sollte, und war selbst bereit zu weinen. Ich war, trotz meiner sechzehn Jahre, immer noch ein Kind. An Malewski dachte ich nicht mehr, obwohl Belowsorow jeden Tag grimmiger wurde und den wendigen Grafen betrachtete wie ein Wolf einen Hammel. Ich dachte im Grunde genommen an nichts und an niemanden. Ich verlor mich in meinen Betrachtungen und suchte die Einsamkeit. Eine besondere Vorliebe hatte ich für die Ruinen des Gewächshauses. Ich pflegte auf die hohe Mauer zu klettern und dort einsam und traurig zu sitzen, ein unglücklicher Jüngling, der sich selbst leid tat und sich an seinen bitteren Empfindungen berauschte, sie aus vollem Herzen genießend.

Eines Tages saß ich wieder auf der Mauer, starrte in die Ferne und lauschte dem Glockenklang ... Plötzlich überlief mich etwas – ein Windstoß war es nicht, auch kein Zittern, eher ein Hauch, die Empfindung einer Nähe ... Ich senkte den Blick. Unten auf dem Weg schritt eilig, in einem leichten grauen Kleid, mit einem rosa Sonnenschirm auf der Schulter, Sinaïda. Sie erblickte mich, blieb stehen und schaute, die Krempe ihres Strohhuts hochschiebend, mit ihren samtenen Augen zu mir auf.

»Was machen Sie dort auf dieser Höhe?« fragte sie mich mit einem seltsamen Lächeln. »Sie behaupten doch immer, daß Sie mich lieben. Springen Sie dann zu mir herab auf den Weg, wenn es so ist.«

Kaum hatte Sinaïda diese Worte ausgesprochen, als ich auch schon hinabflog, als hätte mich jemand von hinten gestoßen. Die Mauer hatte eine Höhe von zwei Klaftern. Ich kam beim Fall mit den Beinen auf die Erde, aber der Anprall war so stark, daß ich mich nicht aufrecht halten konnte, ich fiel und verlor für einen Augenblick das Bewußtsein.

Als ich zu mir kam, fühlte ich, ohne die Augen zu öffnen, Sinaïda neben mir. »Mein lieber Junge«, sagte sie, sich über mich beugend, und ihre Stimme klang zärtlich und besorgt. »Wie konntest du das tun? Wie konntest du gehorchen? ... Ich liebe dich doch ... steh auf.«

Ihre Brust atmete neben der meinen, ihre Hände berührten meinen Kopf, und plötzlich – wie geschah mir? – bedeckten ihre weichen, frischen Lippen mein Gesicht mit Küssen ... berührten meine Lippen ... Aber nun erriet Sinaïda wohl an dem Ausdruck meines Gesichts, daß ich wieder zu mir gekommen war, obwohl ich meine Augen immer noch nicht geöffnet hatte, und rief, sich rasch erhebend, aus: »Stehen Sie auf, Sie Schelm, Sie Narr! Was liegen Sie da im Staub herum?«

Ich erhob mich.

»Geben Sie mir meinen Sonnenschirm«, sagte Sinaïda, »schauen Sie, wohin ich ihn geworfen habe, und sehen Sie mich nicht so an! . . . Er begreift nichts und antwortet nicht«, fügte sie hinzu, als spräche sie mit sich selbst . . . »Gehen Sie nach Hause, Monsieur Woldemar, bringen Sie Ihre Kleider in Ordnung, und wagen Sie nicht, mir zu folgen, sonst werde ich böse sein und Ihnen nie mehr . . .«

Sie beendete ihre Rede nicht und entfernte sich rasch. Ich aber ließ mich am Wegrand nieder, meine Füße trugen mich nicht mehr. Die Brennesseln verbrannten meine Hände, mein Rücken schmerzte, Schwindel erfaßte mich, aber nie in meinem späteren Leben habe ich eine so tiefe Seligkeit empfunden wie in diesem Augenblick. Sie zog wie ein süßer Schmerz durch all meine Glieder und entlud sich schließlich in begeisterten Sprüngen und Rufen. Ich war wahrhaftig noch ein Kind.

13

An diesem Tage war ich so froh und stolz, empfand noch so lebhaft Sinaïdas Küsse auf meinem Gesicht, erinnerte mich mit solchem Entzücken ihrer Worte und hätschelte mein unverhofftes Glück so sehr, daß ich gar nicht den Wunsch hatte, sie, die Urheberin dieser neuen Gefühle, zu sehen. Ich meinte, man könne nun nichts mehr vom Schicksal verlangen, es bliebe jetzt nichts übrig, als noch ein letztes Mal tief aufzuatmen und dann zu sterben.

Als ich jedoch am nächsten Tage zu meinen Nachbarn ging, bemächtigte sich meiner große Verlegenheit, die ich vergeblich unter der Maske bescheidener Gelassenheit zu verbergen trachtete, einem Menschen angemessen, der damit zu verstehen geben will, daß er ein Geheimnis zu wahren wisse. Sinaïda empfing mich sehr schlicht, ohne jegliche Erregung, drohte mir nur mit dem Finger und fragte mich, ob ich keine blauen Flecke hätte. Meine bescheidene Gelassenheit und Geheimnistuerei verschwanden augenblicklich und damit auch meine Verlegenheit. Selbstverständlich hatte ich nichts Besonderes erwartet, doch ich empfand

Sinaïdas Ruhe wie einen Guß kalten Wassers. Ich begriff, daß ich in ihren Augen ein Kind war, und fühlte mich schmerzlich berührt. Sinaïda ging im Zimmer auf und ab, lächelte jedesmal rasch, wenn sie mich anschaute, aber ich sah es ihr an, daß sie mit ihren Gedanken weit fort war ... »Soll ich selber vom gestrigen Vorfall zu sprechen beginnen«, dachte ich, »sie fragen, wohin sie geeilt sei, um endgültig zu erfahren ...« Aber ich tat nichts dergleichen und setzte mich in eine Ecke.

Belowsorow trat ein. Ich freute mich darüber.

»Ich habe kein ruhiges Reitpferd finden können«, sagte er mit rauher Stimme. »Freitag garantiert mir zwar für eins, aber ich bin nicht sicher. Fürchte, daß es nicht der Fall ist!«

»Gestatten Sie mir die Frage: Was fürchten Sie?« fragte Sinaïda.

»Was? Sie können ja gar nicht reiten! Gott weiß, was alles geschehen könnte! Was ist das nur wieder für ein Einfall von Ihnen?«

»Das ist schon meine Angelegenheit, Herr Krieger! Ich werde in diesem Fall Pjotr Wassiljewitsch bitten ...« Mein Vater hieß Pjotr Wassiljewitsch. Ich wunderte mich, daß sie seinen Namen so leicht und einfach erwähnte, als wäre es selbstverständlich, daß er bereit sein würde, ihr den Gefallen zu tun.

»So ist es also?« sagte Belowsorow. »Sie wollen also mit ihm ausreiten?«

»Ob mit ihm oder mit einem anderen, das geht Sie nichts an. Auf jeden Fall nicht mit Ihnen.«

»Nicht mit mir«, wiederholte Belowsorow. »Wie Sie wollen! Und wenn auch! Ich werde für ein Pferd sorgen.«

»Aber nicht irgendeine alte Kuh! Ich habe Sie darauf vorbereitet, daß ich Galopp reiten will.«

»Verraten Sie bitte ... mit wem Sie reiten wollen? Doch nicht mit Malewski?«

»Warum nicht, mein Krieger? Nun, beruhigen Sie sich«, fügte sie hinzu, »und funkeln Sie nicht so mit den Augen! Auch Sie nehme ich einmal mit. Sie wissen ja, daß Malewski jetzt für mich nur noch ein ... Pfui ist.« Sie schüttelte den Kopf.

»Sie sagen das nur, um mich zu trösten«, brummte Belowsorow.

Sinaïda kniff die Augen zusammen. »Tröstet es Sie wirklich? Oh ... oh ... oh ... mein Krieger!« fügte sie schließlich hinzu, als fehlten ihr die Worte. – »Und Sie, Monsieur Woldemar? Würden Sie uns begleiten?«

»Ich bin nicht gern . . . in großer Gesellschaft«, murmelte ich mit gesenktem Blick.

»Sie ziehen ein Tête-à-tête vor? . . . Nun, Freiheit dem Freien, dem Seligen ein Paradies!« sagte sie seufzend. »Gehen Sie und geben Sie sich Mühe, Belowsorow! Ich brauche das Pferd für morgen.«

»Schön! Aber woher nehmen wir das Geld?« mischte sich die Fürstin ein.

Sinaïda runzelte die Stirn.

»Sie bitte ich ja nicht darum, Belowsorow wird es mir leihen.«

»Leihen, leihen . . .«, brummte die Fürstin und schrie plötzlich aus vollem Halse: »Dunjaschka!«

»Maman, ich habe Ihnen doch ein Glöckchen geschenkt«, bemerkte die junge Fürstin.

»Dunjaschka!« wiederholte die alte Frau.

Belowsorow verbeugte sich. Ich begleitete ihn, als er ging, und Sinaïda hielt mich nicht zurück.

14

Am nächsten Morgen stand ich früh auf, schnitt mir einen Stock zurecht und begab mich in die Umgebung der Stadt. Ich wollte spazierengehen, meinen Kummer vertreiben. Es war ein herrlicher, heller und nicht allzu heißer Tag. Ein frischer, lustiger Wind fegte über die Erde, rauschte leise spielend dahin und bewegte alles, ohne etwas zu beunruhigen. Lange irrte ich durch die Wälder, wanderte über die Berge, und wenn ich mich auch nicht glücklich fühlte, so siegten doch Jugend, schönes Wetter, frische Luft, Freude am schnellen Gehen und das Vergnügen einsamer Rast in dichtem Gras über meine Absicht, mich der Trauer hinzugeben, mit der ich das Haus verlassen hatte. Wieder lebte die Erinnerung an Sinaïdas unvergeßliche Worte und Küsse in mir auf. Der Gedanke, daß – wie immer es auch sei – Sinaïda meiner Entschlossenheit und meinem Heroismus Gerechtigkeit widerfahren lassen müsse, machte mich glücklich . . . »Andere gelten ihr mehr«, dachte ich. »Meinetwegen! Dafür reden die anderen nur, ich aber habe es durch meine Tat bewiesen! Und was würde ich nicht noch für sie tun!« Meine Phantasie begann zu spielen. Ich stellte mir vor, wie ich sie aus den Händen der Feinde retten, sie blutüberströmt aus dem Gefängnis entführen und zu ihren Füßen sterben würde. Ich dachte an das Bild in unserem Salon – Malek-Adel, der Mathilde raubte –, doch da lenkte ein großer Buntspecht, der geschäftig den schmalen Stamm einer Birke emporhüpfte und besorgt nach rechts und links hinter ihm hervorlugte, wie ein Cellospieler hinter dem Hals seines Instruments, meine Aufmerksamkeit auf sich.

Dann sang ich »Weiß schimmert der Schnee« und ging auf die damals bekannte Romanze »Ich warte dein, wenn spielend der Zephyr« über. Darauf deklamierte ich laut Jermaks Anrufung der Sterne aus Chomjakows Tragödie, versuchte, etwas Sentimentales zu dichten, dachte mir sogar eine Zeile aus, die den Schluß des Gedichts bilden sollte: »Oh, Sinaïda, Sinaïda!«, bemühte mich aber vergeblich, noch etwas hinzuzudichten. Inzwischen wurde es Mittagszeit. Ich stieg zum Tal hinab. Ein schmaler Sandweg schlängelte sich dahin und führte in die Stadt. Ich schlug diesen Weg ein ... Dumpfes Pferdegetrappel ertönte hinter mir. Ich sah mich um, blieb unwillkürlich stehen und nahm die Mütze ab: Ich erblickte meinen Vater und Sinaïda. Sie ritten nebeneinander. Mein Vater hatte sich zu ihr hinübergebeugt, die Hand auf den Hals des Pferdes gestützt, und sprach auf sie ein. Er lächelte. Sinaïda lauschte ihm schweigend, den

Blick streng gesenkt, die Lippen zusammengepreßt. Zuerst erblickte ich nur sie. Erst einige Augenblicke später bog Belowsorow, in Husarenuniform und Dolman, auf schaumbedecktem Rappen um die Ecke. Sein feuriges Tier warf den Kopf zurück, schnob und tänzelte. Der Reiter hielt es zurück und gab ihm die Sporen. Ich ging zur Seite. Mein Vater faßte die Zügel straffer, wandte sich von Sinaïda ab, sie hob ihren Blick langsam zu ihm, dann sprengten sie im Galopp davon, Belowsorow mit rasselndem Säbel hinter ihnen her. »Er ist rot wie ein Krebs«, dachte ich. »Und sie . . . Warum ist sie so blaß? Reitet den ganzen Vormittag und ist blaß.«

Ich beschleunigte meine Schritte und war kurz vor dem Mittagessen zu Hause. Vater hatte sich schon umgezogen, saß sauber und frisch neben Mutters Sessel und las ihr mit seiner ruhigen, klangvollen Stimme das Feuilleton aus dem »Journal des Débats« vor. Aber Mutter hörte ihm nur unaufmerksam zu, fragte mich, als sie mich erblickte, wo ich den ganzen Tag gesteckt hätte, und fügte hinzu, daß sie es nicht liebe, wenn man sich Gott weiß wo und Gott weiß mit wem herumtreibe. Ich war ja allein, wollte ich erwidern, sah jedoch meinen Vater an und schwieg, ohne recht zu wissen, weshalb.

15

In den nächsten fünf, sechs Tagen sah ich Sinaïda kaum. Sie ließ sagen, sie sei krank. Das hinderte die ständigen Besucher des Flügels jedoch nicht daran, »zum Dienst zu erscheinen«, wie sie sich ausdrückten. Alle taten es, außer Maidanow, der sofort traurig wurde und sich langweilte, wenn er keine Gelegenheit hatte, sich zu begeistern. Belowsorow saß düster in der Ecke, die Uniform fest zugeknöpft, das Gesicht gerötet. Über Malewskis schmales Gesicht irrte ständig ein böses Lächeln, er war bei Sinaïda tatsächlich in Ungnade gefallen, bemühte sich eifrig um die alte Fürstin und fuhr mit ihr sogar in einer schlechten Droschke zum Generalgouverneur. Übrigens erwies sich diese Fahrt als ein Mißerfolg und endete sogar mit einer Unannehmlichkeit für ihn: Man erinnerte ihn an eine Geschichte mit irgendwelchen Trainoffizieren, und er mußte erklären, daß er damals noch sehr unerfahren gewesen sei. Luschin kam ein-

oder zweimal am Tage, blieb aber nur kurz. Ich fürchtete ihn ein wenig nach unserer letzten Unterredung, empfand aber große Sympathie für ihn. Eines Tages ging er mit mir im Neskutschny-Park spazieren, war sehr gutmütig und liebenswürdig, nannte mir die Namen und Eigenschaften verschiedener Gräser und Blumen und rief plötzlich, sich mit der Hand auf die Stirn schlagend, unvermittelt aus: »Ich Narr dachte, sie sei eine herzlose Kokette! Es scheint doch, daß manche Menschen es als süß empfinden, sich für andere zu opfern!«

»Was wollen Sie damit sagen?« fragte ich.

»Ihnen gar nichts«, erwiderte Luschin schroff.

Sinaïda mied mich. Mein Erscheinen – ich konnte es mir nicht verhehlen – war ihr peinlich. Sie wandte sich unwillkürlich von mir ab. Ja, sie tat es unwillkürlich, und das schmerzte mich. Aber es war nicht zu ändern. Ich versuchte, ihr nicht unter die Augen zu kommen, und lauerte ihr nur aus der Ferne auf, was mir nicht immer gelang. Etwas Unbegreifliches schien in ihr vorzugehen. Ihr Gesicht, ihr ganzes Wesen hatten sich verändert. Besonders fiel mir diese Veränderung an einem stillen, warmen Abend auf. Ich saß auf einer niedrigen

Bank unter einem breiten Holunderbusch. Ich liebte dieses Plätzchen, weil ich von hier aus das Fenster von Sinaïdas Zimmer sehen konnte. So saß ich da, über meinem Kopf bewegte sich im dunklen Grün eilig ein Vögelchen, eine graue Katze schlich vorsichtig mit langgestrecktem Rücken in den Garten, die ersten Käfer summten schwerfällig in der Luft, trotz der Dämmerung noch deutlich zu erkennen. Ich saß, blickte auf das Fenster und wartete, ob es sich öffnen würde. Und es öffnete sich wirklich! Sinaïda erschien. Sie trug ein weißes Kleid, und sie selbst, ihr Gesicht, ihre Schultern und Hände waren so blaß, daß sie weiß erschienen. Lange verharrte sie regungslos und schaute unbeweglich unter gerunzelten Brauen in die Ferne. Ich hatte solchen Blick noch nie bei ihr wahrgenommen. Dann preßte sie die Finger fest aneinander, drückte sie an die Lippen und an die Stirn, riß sie plötzlich auseinander, warf das Haar über die Ohren zurück, schüttelte den Kopf, nickte in wilder Entschlossenheit und schlug das Fenster zu.

Drei Tage darauf traf ich sie im Garten. Ich wollte ihr aus dem Wege gehen, aber sie hielt mich selbst zurück. »Geben Sie mir die Hand«, sagte sie mit der früheren Freundlichkeit. »Wir haben lange nicht miteinander geplaudert.«

Ich sah sie an. Ihre Augen schimmerten, und sie lächelte wie durch ein zartes Wölkchen.

»Sind Sie immer noch krank?« fragte ich sie.

»Nein, das ist jetzt vorüber«, erwiderte sie und riß eine kleine rote Rose ab. »Ich bin ein wenig müde, aber auch das wird vergehen.«

»Und Sie werden wieder so wie früher sein?« fragte ich.

Sinaïda führte die Rose an ihr Gesicht, und es schien mir, daß ihr glühendes Rot sich in ihren Wangen widerspiegelte. »Habe ich mich verändert?« fragte sie.

»Ja«, erwiderte ich leise.

»Ich war sehr kühl zu Ihnen, ich weiß es«, begann Sinaïda. »Aber Sie dürfen es nicht beachten . . . Ich konnte nicht anders handeln . . . Doch es lohnt sich nicht, darüber zu reden!«

»Sie wollen nicht, daß ich Sie liebe! Das ist es!« rief ich finster in einem unwillkürlichen Ausbruch der Leidenschaft aus.

»Nein, lieben Sie mich, aber nicht so wie früher.«

»Wie aber?«

»Wir wollen Freunde sein, nicht wahr?« – Sinaïda ließ mich die Rose riechen. – »Ich bin doch viel älter als Sie, ich könnte Ihre Tante sein, wirklich! Und wenn auch nicht die Tante, so doch jedenfalls Ihre älteste Schwester. Sie aber ...«

»In Ihren Augen bin ich ein Kind«, unterbrach ich sie.

»Nun ja, aber ein liebes, gutes Kind, das ich sehr liebe. Wissen Sie was? Ich ernenne Sie heute zu meinem Pagen. Pagen dürfen aber ihren Herrinnen nicht fernbleiben, vergessen Sie das nicht. Und zum Zeichen Ihrer Würde«, fügte sie hinzu, die Rose in mein Knopfloch steckend, »gebe ich Ihnen die Rose, als Zeichen meiner Gnade.«

»Früher empfing ich andere Gnaden von Ihnen«, murmelte ich.

»Ah!« rief Sinaïda aus und sah mich von der Seite an. »Was für ein Gedächtnis Sie haben! Nun, ich bin auch jetzt bereit ...«

Und sich zu mir herabbeugend, drückte sie einen reinen, ruhigen Kuß auf meine Stirn.

Ich sah sie nur an. Sie aber wandte sich ab und ging mit den Worten: »Folgen Sie mir, mein Page!« auf den Flügel zu. Ich folgte ihr, immer noch staunend. »Ist dieses sanfte, vernünftige

Mädchen wirklich noch die Sinaïda, die ich kannte?« fragte ich mich. Auch ihr Gang erschien mir ruhiger, ihre Gestalt würdevoller und schlanker ...

Und, Himmel, mit welcher Glut brannte die Liebe wieder in mir!

16

Nach Tisch versammelten sich wieder Gäste im Flügel, und die junge Fürstin erschien. Wie an jenem mir unvergeßlichen Abend war die ganze Gesellschaft anwesend, sogar Nirmazki hatte sich hergeschleppt. Maidanow kam dieses Mal früher als die anderen; er hatte neue Gedichte mitgebracht. Wieder spielten wir das alte Pfänderspiel, aber ohne die früheren seltsamen Einfälle, ohne Lärm und närrisches Treiben; das zigeunerhafte Element fehlte. Sinaïda verlieh unserem Beisammensein eine neue Stimmung. Ich saß als Page neben ihr. Übrigens schlug sie vor, daß derjenige, dessen Pfand gezogen wurde, einen Traum erzähle, den er gehabt, aber dieser Vorschlag war ein Mißerfolg. Die Träume erwiesen sich entweder als langweilig – Belowsorow hatte geträumt, daß er sein Pferd mit Karauschen gefüttert und daß es einen Holzkopf gehabt habe –, oder sie waren unecht und erdichtet. Maidanow gab eine lange Geschichte zum besten, in der Grabgewölbe, Engel mit Leiern, sprechende Blumen und ferner Gesang vorkamen. Sinaïda ließ ihn nicht ausreden. »Wenn der Traum schon ausgedacht werden soll«, erklärte sie, »so mag jeder offen etwas frei Erfundenes erzählen.« – Belowsorow war zuerst an der Reihe.

Der junge Husar wurde verlegen. »Ich kann mir nichts ausdenken«, sagte er.

»Welcher Unsinn!« rief Sinaïda aus. »Stellen Sie sich zum Beispiel vor, Sie wären verheiratet, und erzählen Sie uns, wie Sie die Zeit mit Ihrer Gattin verbringen würden. Sicherlich würden Sie sie einsperren?«

»Ja, das täte ich!«

»Und bei ihr bleiben?«

»Unbedingt!«

»Ausgezeichnet! Wenn sie aber dieses Leben satt hätte und Ihnen untreu würde?«

»Dann würde ich sie töten.«

»Und wenn sie nun durchbrennen würde?«

»Ich würde sie einholen und doch töten.«

»Schön! Nehmen wir nun an, ich wäre Ihre Frau. Was täten Sie dann?«

Belowsorow schwieg. – »Ich würde mich selber töten . . .«

Sinaïda lachte. »Ich sehe, daß Sie kurzen Prozeß machen.«

Das zweite Pfand zog Sinaïda. Sie hob den Blick zur Decke empor und dachte nach.

»Also hören Sie zu«, begann sie, »was ich mir ausgedacht habe . . . Stellen Sie sich einen herrlichen Palast, eine Sommernacht und einen wundervollen Ball vor, den die junge Königin gibt. Überall schimmern Gold, Marmor, Kristall, Seidenstoffe, Lichter, Diamanten, Blumen. Weihrauch steigt empor, alle Launen eines prunkliebenden Herzens sind erfüllt.«

»Lieben Sie Luxus?« unterbrach Luschin sie.

»Luxus ist hübsch«, erwiderte sie. »Ich liebe alles Hübsche.«

»Mehr als das Schöne?« fragte er.

»Das ist mir zu hoch, das verstehe ich nicht. Stören Sie mich nicht! – Es ist also ein herrlicher Ball, mit zahlreichen Gästen, die alle schön, jung, tapfer und über alle Maßen in die Königin verliebt sind.«

»Frauen gibt es wohl unter den Gästen nicht?« fragte Malewski.

»Nein, oder warten Sie – doch!«

»Lauter häßliche?«

»Nein, entzückende. Trotzdem sind die Männer alle in die Königin verliebt. Sie ist groß und schlank. Im schwarzen Haar glitzert ein Diadem.«

Ich sah Sinaïda an, und in diesem Augenblick erschien sie mir so viel größer als die anderen, die weiße Stirn über den reglosen Brauen schien so viel Majestät, so viel Geist und Macht auszustrahlen, daß ich dachte: »Du selbst bist die Königin.«

»Alle drängen sich um sie«, fuhr Sinaïda fort, »alle umwerben sie mit schmeichelnden Reden . . .«

»Und sie liebt Schmeicheleien?« fragte Luschin.

»Unausstehlicher Mann! Immer unterbricht er mich . . . Wer liebt denn Schmeicheleien nicht?«

»Eine letzte Frage«, sagte Malewski. »Hat die Königin einen Mann?«

»Darüber habe ich noch nicht nachgedacht. Nein, wozu sollte sie einen Mann haben!«

»Selbstverständlich«, stimmte Malewski zu. »Wozu sollte sie einen Mann haben!«

»Silence!« rief Maidanow, der sehr schlecht französisch sprach.

»Merci«, erwiderte Sinaïda. »Also die Königin lauscht diesen Reden und der Musik, beachtet aber keinen der Gäste. Sechs Fenster sind weit geöffnet – sie reichen von der Decke bis zum Fußboden –, und hinter ihnen steht der Himmel mit dem Glanz zahlloser Sterne und die Finsternis des Gartens. Die Königin schaut in den Garten. Dort hinter den Bäumen schimmert groß und weiß wie ein Gespenst der Springbrunnen. Die Königin hört durch Stimmengewirr und Musik das leise Plätschern des Wassers, schaut sich ihre Gäste an und denkt: Edel, klug und reich seid ihr, meine Herrschaften! Ihr umringt mich, ihr fangt jedes meiner Worte auf und seid bereit, zu meinen Füßen zu sterben. Ich beherrsche euch ... Dort aber, am Springbrunnen, wo das Wasser rauscht, steht der, den ich liebe, der mich beherrscht. Er ist weder in kostbare Gewänder gehüllt, noch zieren ihn Edelsteine. Niemand kennt ihn, aber er erwartet mich und ist überzeugt, daß ich kommen werde. Und ich werde kommen! Denn ich will zu ihm gehen, bei ihm bleiben, mich mit ihm in der Finsternis des Gartens verlieren, dort, wo die Bäume flüstern und das Wasser des Springbrunnens leise rauscht . . .«

Sinaïda schwieg.

»Eine ausgedachte Geschichte?« erkundigte sich Malewski listig.

Sinaïda würdigte ihn keines Blickes.

»Was täten wir, meine Herrschaften, wenn wir zu den Gästen gehören und von diesem Glückspilz beim Springbrunnen erfahren würden?« fragte Luschin.

»Halt, halt«, unterbrach Sinaïda ihn. »Was ein jeder von Ihnen täte, kann ich selber sagen. Sie, Belowsorow, würden ihn zu einem Duell fordern; Sie, Maidanow, ein Epigramm verfassen . . . Übrigens, nein, das verstehen Sie nicht zu dichten, es wären lange Jamben in der Art Barbiers, und Sie würden Ihre Verse dem ›Telegraph‹ anbieten. Sie, Nirmazki, würden ihn anpumpen . . . nein, Sie würden ihm Geld gegen Zinsen leihen. Und Sie, Doktor . . .« Sie schwieg. »Was Sie täten, weiß ich nicht.«

»Als ihr Hofarzt würde ich Ihrer Majestät raten, keine Bälle zu geben, wenn sie anderes als ihre Gäste im Kopf hat . . .«

»Sie hätten vielleicht recht. Und Sie, Graf? . . .«

»Ich?« fragte mit seinem bösen Lächeln Malewski.

»Sie würden ihm vergiftetes Konfekt anbieten.«

Malewskis Gesicht zuckte und nahm auf einen Augenblick einen jüdischen Ausdruck an, aber er brach sofort in lautes Lachen aus.

»Und was Sie betrifft, Woldemar . . .«, fuhr Sinaïda fort. »Übrigens, das reicht. Spielen wir etwas anderes.«

»Monsieur Woldemar würde als der Page Ihrer Majestät die Schleppe der Königin tragen, wenn sie in den Garten läuft«, sagte Malewski giftig.

Ich errötete, aber Sinaïda legte mir rasch ihre Hand auf die Schulter, erhob sich und sagte mit leicht zitternder Stimme: »Ich habe Euer Erlaucht nie das Recht gegeben, frech zu sein. Deshalb bitte ich Sie, sich zu entfernen.« Und sie wies zur Tür.

»Um Gottes willen, Fürstin«, murmelte Malewski und wurde ganz blaß.

»Die Fürstin hat recht«, rief Belowsorow aus und erhob sich ebenfalls.

»Ich habe wirklich nicht erwartet«, fuhr Malewski fort, ». . . in meinen Worten war doch nichts . . . ich dachte nicht daran, Sie zu kränken . . . Entschuldigen Sie bitte.«

Sinaïda maß ihn mit kaltem Blick und lächelte kühl. »Wenn Sie wollen, bleiben Sie«, sagte sie mit einer geringschätzigen Geste. »Monsieur Woldemar und ich haben uns unnütz aufgeregt. Ihnen macht das Sticheln Freude . . . wohl bekomm's!«

»Entschuldigen Sie bitte«, wiederholte Malewski. – Ich erinnerte mich an Sinaïdas Handbewegung und dachte wieder, daß eine echte Königin einem Frechling nicht hoheitsvoller hätte die Tür weisen können.

Das Pfänderspiel dauerte nach dieser kleinen Szene nicht mehr lange. Alle fühlten sich unbehaglich, weniger wegen der Szene, ein unerklärliches, schweres Gefühl bedrückte uns. Niemand erwähnte es, aber jeder war sich dessen bei sich und seinem Nachbarn bewußt. Maidanow las uns seine Gedichte vor, und Malewski lobte sie mit übertriebener Begeisterung. »Er will sich in einem guten Licht zeigen«, flüsterte Luschin mir zu. Wir gingen bald danach auseinander. Sinaïda war plötzlich nachdenklich geworden, die Fürstin ließ sagen, sie habe Kopfschmerzen, und Nirmazki beklagte sich über seinen Rheumatismus . . .

Ich konnte lange nicht einschlafen. Sinaïdas Geschichte hatte mich bis ins Innerste getroffen.

»Sollte das eine Anspielung sein?« fragte ich mich. »Und wen meinte sie damit? Gibt es einen, auf den sie anspielen konnte? Wenn ja . . . was tut man da? Nein, nein, es kann nicht sein!« flüsterte ich, mich von einer Seite auf die andere wälzend . . . Aber Sinaïdas Gesichtsausdruck während ihrer Erzählung fiel mir ein . . . Luschins plötzlicher Ausruf im Neskutschny-Park und die unverhoffte Änderung ihres Benehmens gegen mich. Ich verlor mich in Vermutungen. »Wer ist es?« Diese drei Worte schienen in der Finsternis vor mir zu leuchten, es war mir, als schwebte eine drohende Wolke über mir, ich spürte den Druck und wartete auf den Augenblick, da sie sich entladen würde. An vieles hatte ich mich in letzter Zeit gewöhnt, vieles bei Sassekins gesehen. Ihre Unordnung, die Kerzenstummel, zerbrochene Messer und Gabeln, der düstere Bonifatius, die zerlumpten Mädchen, die eigenartigen Manieren der Fürstin, ihr ganzes seltsames Leben überraschten mich nicht mehr . . . Aber daran, was ich jetzt verworren in Sinaïda spürte, konnte ich mich nicht gewöhnen . . . »Eine Abenteurerin« hatte meine Mutter sie einmal genannt! Sie, meine angebetete Göttin – eine Abenteurerin! Diese Bezeichnung brannte in mir, ich drückte mein Gesicht in das Kissen, als wollte ich ihr dadurch entfliehen, ich war entrüstet ... gleichzeitig aber hätte ich vieles dafür geopfert, um dieser Glückspilz am Springbrunnen zu sein!

Mein Blut siedete und jagte heiß durch meine Adern. »Der Garten ... der Springbrunnen ...«, dachte ich ... »ich müßte in den Garten gehen.« Ich zog mich rasch an und schlüpfte aus dem Haus. Die Nacht war dunkel, die Bäume rauschten leise, der Himmel strahlte sanfte Kühle aus, vom Gemüsegarten her duftete es nach Dill. Ich schritt alle Wege ab. Das leise Geräusch meiner Schritte verwirrte und ermunterte mich zugleich. Ich blieb stehen, wartete und lauschte, wie laut und schnell mein Herz schlug. Schließlich näherte ich mich dem Zaun und stützte mich auf eine dünne Latte. Plötzlich – oder schien es mir nur? – huschte, nur einige Schritte entfernt, eine weibliche Gestalt an mir vorbei ... Ich starrte angestrengt in die Finsternis, hielt den Atem an ... Was war das? Bildete ich mir ein, Schritte zu hören, oder pochte mein Herz wieder so stürmisch? – »Wer ist da?« flüsterte ich kaum hörbar. Was konnte das nun wieder sein? Unterdrücktes Lachen? ... Oder nur ein Rauschen in den Bäumen? . . . Ein Seufzen direkt über meinem Ohr? Mir wurde angst. »Wer ist da?« wiederholte ich noch leiser.

Einen Augenblick war es, als bewegte sich die Luft, über den Himmel flammte ein glühender Streifen: eine Sternschnuppe – »Sinaïda?« wollte ich fragen, aber das Wort erstarb mir auf den Lippen. Und plötzlich erstarrte alles um mich her in tiefer Lautlosigkeit, wie es oft um Mitternacht der Fall ist . . . Sogar die Grillen zirpten nicht mehr in den Büschen, nur ein Fenster klirrte irgendwo. Ich stand noch ein Weilchen da und kehrte in mein Zimmer, in mein kaltes Bett zurück. Ein eigentümliches Gefühl hatte sich meiner bemächtigt, als wäre mir statt eines verabredeten Wiedersehens Einsamkeit zuteil geworden, als wäre ich an einem fremden Glück vorbeigegangen.

17

Am nächsten Tag sah ich Sinaïda nur flüchtig. Sie war mit ihrer Mutter in einer Droschke fortgefahren. Dafür begegnete ich Luschin, der mich übrigens kaum eines Grußes würdigte, und Malewski.

Der junge Graf grinste und begann ein freundschaftliches Gespräch mit mir. Von allen Gästen des Nachbarflügels war es ihm als einzigem gelungen, sich bei uns einzudrängen und das Wohlwollen meiner Mutter zu gewinnen. Mein Vater mochte ihn nicht und behandelte ihn mit einer geradezu kränkenden Höflichkeit.

»Ah, Monsieur le page«, begann Malewski, »ich freue mich sehr, Sie wiederzusehen. Was macht Ihre schöne Königin?«

Sein hübsches, frisches Gesicht erschien mir in diesem Augenblick so widerlich, er sah mich so verächtlich an, daß ich ihm gar nicht antwortete.

»Sind Sie mir immer noch böse?« fuhr er fort. »Das ist unnütz! Nicht ich habe Sie zum Pagen ernannt, und übrigens sind es doch nur Königinnen, die Pagen haben. Aber gestatten Sie mir, Ihnen zu sagen, daß Sie Ihre Pflicht schlecht erfüllen.«

»Wieso?«

»Pagen dürfen sich nicht von ihrer Gebieterin entfernen. Sie müssen alles wissen, was sie tut, müssen sie sogar beobachten«, fügte er mit leiser Stimme hinzu, »am Tage und in der Nacht.«

»Was wollen Sie damit sagen?«

»Was ich damit sagen will? Habe ich mich nicht deutlich genug ausgedrückt? Bei Tage ... und bei Nacht! Am Tage geht es noch, hell ist es da und belebt. Aber nachts, nachts bricht das Unglück ein. Ich rate Ihnen, nicht zu schlafen, sondern zu beobachten – beobachten Sie mit allen Kräften, die Ihnen zur Verfügung stehen. Erinnern Sie sich: Die Nacht, der Garten, der Springbrunnen – dort muß man aufpassen! Sie werden mir noch dankbar sein!«

Malewski lachte und wandte mir den Rücken zu. Dem, was er gesagt, legte er wahrscheinlich keine besondere Bedeutung bei. Er hatte den Ruf, die Gabe zu besitzen, Leute durch geheimnisvolle Andeutungen meisterhaft an der Nase herumzuführen und sie auf Maskenbällen zum Narren zu halten, wobei ihm die beinah unbewußte Verlogenheit, von der sein ganzes Wesen durchdrungen war, zustatten kam ... Er wollte auch mich necken, aber jedes seiner Worte rann wie Gift durch meine Adern. Das Blut stieg mir zu Kopf. »So ist es also?« sagte ich mir. »Auch gut! Deshalb zog es mich so in den Garten! Dann sei es eben so!« rief ich laut aus und schlug mich mit der Faust auf die Brust, obwohl ich im Grunde genommen nicht wußte, was so sein sollte! »Ob Malewski selbst im Garten erscheint?« dachte ich. »Vielleicht hat er sich verplappert, die Frechheit wäre ihm zuzutrauen – oder ein anderer – der Gartenzaun war sehr niedrig, und es bereitete keine Mühe darüberzuklettern – wehe dem, den ich erwische! Keinem rate ich, mir in die Arme zu laufen! Der ganzen Welt und ihr, dieser Verräterin – ich nannte sie doch Verräterin –, allen werde ich beweisen, daß ich mich zu rächen verstehe!«

Ich kehrte in mein Zimmer zurück, holte aus dem Schreibtisch ein unlängst gekauftes englisches Taschenmesser hervor, betastete die Schärfe der Klinge und steckte es stirnrunzelnd mit kühler, harter Entschlossenheit in meine Tasche, als wären mir solche Angelegenheiten nicht neu. Mein Herz schlug zornig und erstarrte dann, als wäre es versteinert. Bis zum Anbruch der Nacht ging ich mit gerunzelter Stirn und zusammengepreßten Lippen auf und ab, umfaßte das warmgewordene Messer in meiner Tasche und bereitete mich innerlich auf etwas Furchtbares vor! Diese neuen, mir bis dahin so fremden Gefühle interessierten und erheiterten mich sogar so, daß ich an Sinaïda kaum noch dachte. Die Worte fielen mir ein: »Aleko, du

Zigeunerbub, wohin, du schöner Knab'? ... Bleib liegen ...« Und nachher: »Blut klebt an dir? ... Was hast du ihm getan? ... Nichts ...« Mit welch grausamem Lächeln ich dieses »Nichts« wiederholte! Mein Vater war nicht zu Hause, aber Mutter, die sich in letzter Zeit in einer ständig gereizten Stimmung befand, fiel mein merkwürdiges Aussehen auf, und sie fragte mich beim Abendessen: »Was schleichst du rum wie die Katze um den heißen Brei?« Ich lächelte nur herablassend und dachte: »Wenn Sie wüßten!« Die Uhr schlug elf. Ich ging in mein Zimmer, zog mich aber nicht aus und erwartete die Mitternacht. Endlich schlug es zwölf. »Nun ist es Zeit«, flüsterte ich mit zusammengebissenen Zähnen und begab mich, die Jacke bis zum Halse zugeknöpft, die Ärmel hochgekrempelt, in den Garten.

Ich hatte mir schon vorher einen Platz ausgesucht, von dem aus ich aufpassen wollte. Am Ende des Gartens, da, wo der Zaun unser Gebiet von dem Sassekinschen trennte und an eine gemeinsame Mauer stieß, wuchs eine einsame Tanne. Unter ihren niedrig herabhängenden, dichten Zweigen konnte ich – soweit es die nächtliche Finsternis erlaubte – gut beobachten, was im Garten geschah.

Hier schlängelte sich auch ein Weg hin, der mir stets geheimnisvoll erschienen war. Er führte zum Zaun, der an dieser Stelle Spuren von Füßen, die hinübergestiegen waren, aufwies, und von dort zu einer dicht mit Akazien umstandenen Laube. Ich schlich mich unter die Tanne, lehnte mich an ihren Stamm und begann meine Wache.

Die Nacht war so still wie die vorhergehende. Nur war der Himmel wolkenloser und die Umrisse des Gebüsches und sogar der hohen Blumen leichter zu erkennen. Die ersten Augenblicke der Erwartung waren qualvoll, beinah unheimlich. Ich war zu allem entschlossen und überlegte nur, wie ich handeln mußte. Sollte ich etwa brüllen: »Wohin? Bleib stehn! Gestehe oder stirb!« – oder ihn einfach wortlos niederstechen? . . . Jeder Laut, jedes Geräusch, jedes Rascheln erschien mir verdächtig, ungewöhnlich . . . Ich war bereit . . . Ich beugte mich vor . . . Aber eine halbe Stunde verging, eine Stunde, mein Blut hatte sich beruhigt, war abgekühlt. Der Verdacht, daß ich das alles vergeblich tat, daß ich sogar ein wenig komisch war und Malewski sich über mich lustig gemacht hatte, chlich sich in meine Seele. Ich verließ mein Versteck und ging durch den Garten. Als wäre er verzaubert, drang kein einziger Laut zu mir, alles schien zu ruhen, sogar unser Hund schlief zusammengerollt am Gartentor. Ich bestieg die Ruine des Gewächshauses, erblickte die Weite des Feldes vor mir, erinnerte mich an Sinaïda und gab mich meinen Betrachtungen hin ...

Plötzlich fuhr ich zusammen ... Mir schien es, als hätte ich das Knarren einer Tür gehört, dann das leise Knacken eines zerbrochenen Astes. Mit zwei Sprüngen hatte ich die Ruine verlassen und erstarrte. Rasche, leichte, aber vorsichtige Schritte hallten deutlich durch den Garten. Sie näherten sich. »Da ist er ... das ist er endlich ...«, fuhr es mir durch den Kopf. Krampfhaft zog ich das Messer hervor, öffnete es krampfhaft, rote Funken flimmerten vor meinen Augen, die Haare auf dem Kopf sträubten sich – aus Angst oder vor Wut ... Die Schritte kamen direkt auf mich zu, ich bückte mich, neigte mich ihnen entgegen ... Eine Gestalt tauchte auf ... Mein Gott! Es war mein Vater!

Ich erkannte ihn sofort, obwohl er sich in einen dunklen Mantel gehüllt und den Hut in die Stirn gezogen hatte. Er schlich auf Zehenspitzen an mir vorbei, bemerkte mich nicht, obwohl mich nichts verbarg, aber ich hatte mich so zusammengekauert, daß ich mich wohl kaum vom Erdboden abhob. Der eifersüchtige, zu jedem Mord bereite Othello verwandelte sich plötzlich in einen Schuljungen ... Ich war über das plötzliche Erscheinen meines Vaters so erschrocken, daß ich anfangs gar nicht bemerkte, woher er kam und wohin er verschwand. Erst als alles um mich wieder still war, richtete ich mich auf und dachte: »Weshalb geht Vater nachts durch den Garten?« – Vor Entsetzen hatte ich mein Messer ins Gras fallen lassen, suchte es aber nicht einmal. Ich schämte mich sehr. Plötzlich war ich ganz nüchtern geworden. Auf dem Weg ins Haus ging ich aber trotzdem zu meiner Bank unter dem Holunderstrauch und warf einen Blick auf Sinaïdas Schlafzimmer. Die kleinen, ein wenig gewölbten Scheiben schimmerten mattblau im schwachen Licht, das vom nächtlichen Himmel herniederfiel. Plötzlich änderte sich ihre Farbe ... Hinter ihnen – ich sah es, sah es deutlich – wurde vorsichtig und leise die weiße Jalousie bis zum Fensterbrett heruntergelassen und blieb reglos hängen.

»Was ist denn das?« sagte ich unwillkürlich laut, als ich mich wieder in meinem Zimmer befand. »Ein Traum, ein Zufall oder ...« Die Vermutungen, die plötzlich in mir auftauchten, waren so neu und seltsam, daß ich nicht bei ihnen zu verweilen wagte.

18

Am nächsten Morgen stand ich mit Kopfschmerzen auf. Die gestrige Erregung war schweren Zweifeln und einer mir fremden Trauer gewichen, als stürbe etwas in mir.

»Was machen Sie für ein Gesicht? Wie ein Kaninchen, dem man das halbe Hirn herausgenommen hat!« fragte Dr. Luschin mich, als ich ihn traf. Beim Frühstück sah ich verstohlen bald meinen Vater, bald meine Mutter an. Er war ruhig, wie stets; sie, wie gewöhnlich, innerlich gereizt. Ich wartete, ob Vater nicht ein freundliches Gespräch mit mir beginnen würde, wie er es manchmal tat ... Aber sogar die alltägliche kühle Liebkosung blieb aus. »Soll ich Sinaïda alles erzählen?« fragte ich mich. »Zwischen uns ist sowieso schon alles aus.« Ich ging zu ihr, aber es gelang mir nicht einmal, mich so mit ihr zu unterhalten, wie ich es gewünscht hätte, geschweige denn, ihr alles zu erzählen. Der Sohn der Fürstin, ein zwölfjähriger Kadett, war aus Petersburg gekommen, um seinen Urlaub bei ihr zu verbringen, und Sinaïda vertraute ihn mir sofort an. »Hier haben Sie einen Kameraden, mein lieber Wolodja.« Sie nannte mich zum erstenmal so. »Er heißt auch Wolodja. Freunden Sie sich an mit ihm. Er ist noch ein Wildfang, hat aber ein gutes Herz. Zeigen Sie ihm den Neskutschny-Park, gehen Sie mit ihm spazieren, nehmen Sie ihn unter Ihren Schutz. Sie machen das doch, nicht wahr? Sie sind so gut!« Sie legte mir freundlich beide Hände auf die Schultern, und ich war ganz verwirrt. Die Ankunft dieses Jungen verwandelte auch mich in einen Jungen. Ich betrachtete den Kadetten schweigend, und er starrte mich ebenso wortlos an. Sinaïda brach in lautes Lachen aus und stieß uns zueinander. »Umarmt euch doch, Kinder!« – Wir umarmten uns. – »Soll ich Ihnen den Garten zeigen?« fragte ich den Kadetten. »Bitte«, erwiderte er mit heiserer, typischer Kadettenstimme. Sinaïda lachte wieder ... Ich stellte fest, daß sie noch nie so schöne Farben gehabt hatte. Ich zog mit dem Kadetten ab. In unserem Garten stand eine alte Schaukel. Ich setzte ihn auf das dünne Brett und begann ihn zu schaukeln. Er saß regungslos in seiner neuen kleinen Uniform aus festem Tuch mit breiten Goldborten und hielt sich am Strick fest. »Öffnen Sie doch etwas den Kragen«, sagte ich. – »Macht nichts, bin's gewohnt«, erwiderte er und hüstelte. Er glich seiner Schwester, vor allem seine Augen erinnerten an sie. Es war mir angenehm, mich mit ihm zu beschäftigen, gleichzeitig aber zerriß eine quälende Trauer mein Herz. »Jetzt bin ich wirklich ein Kind«, dachte ich. »Gestern aber . . .« Es fiel mir ein, wo ich in der Nacht das Messer hatte fallen lassen, und ich fand es und hob es auf. Der Kadett bat mich, es ihm zu geben, schnitt einen dicken Weidenzweig ab, machte eine Flöte und blies darauf. Othello pfiff auch.

Wie weinte er aber an diesem Abend, dieser Othello, in Sinaïdas Armen, als sie ihn in einer Gartenecke aufstöberte und fragte, weshalb er so traurig sei. Meine Tränen strömten mit solcher Heftigkeit, daß sie sogar erschrak. »Was ist mit Ihnen, Wolodja?« wiederholte sie und wollte meine nasse Wange küssen, als sie bemerkte, daß ich nicht zu weinen aufhörte. Aber ich wandte mich ab und flüsterte schluchzend: »Ich weiß alles. Warum haben Sie mit mir gespielt? . . . Wozu brauchten Sie meine Liebe?«

»Ich bin vor Ihnen schuldig, Wolodja«, sagte Sinaïda. »Ach, sehr schuldig sogar . . .«, fügte sie hinzu und preßte die Hände zusammen. »Wieviel Böses, Finsteres, Schlechtes steckt in mir . . . Aber jetzt spiele ich nicht mit Ihnen, jetzt liebe ich Sie – Sie ahnen nur nicht, weshalb und wie . . . Was wissen Sie übrigens?«

Was sollte ich ihr sagen? Sie stand vor mir und schaute mich an, und ich gehörte ihr ganz, von Kopf bis Fuß, sobald sie mich so ansah . . . Eine Viertelstunde später spielte ich bereits mit dem Kadetten und mit Sinaïda Haschen. Ich weinte nicht, ich lachte, obwohl durch das Lachen hervorgerufene Tränen aus den geschwollenen Lidern drangen. An meinem Hals trug ich an Stelle einer Krawatte Sinaïdas Band. Ich schrie vor Freude, als es mir gelang, sie beim Fangen um die Taille zu fassen. Sie machte alles, was sie wollte, mit mir.

19

Ich würde in große Verlegenheit geraten, wenn ich ausführlich berichten sollte, was in mir in der Woche nach der verunglückten nächtlichen Expedition vor sich ging. Es war eine seltsame, fieberhafte Zeit, ein Chaos der verschiedenartigsten Gefühle: Zweifel, Hoffnungen, Freuden und Leiden wirbelten durcheinander. Ich fürchtete mich, in mein Inneres zu blicken, wenn ein sechzehnjähriger Junge überhaupt in sein Inneres zu blicken vermag, fürchtete mich, Rechenschaft – worüber es auch sei – abzulegen, beeilte mich nur, den Tag bis zum Abend hinzubringen, und nachts verhalf mir der kindliche Leichtsinn zum Schlaf. Ich wollte nicht wissen, ob man mich liebte, und wollte mir nicht eingestehen, daß man mich nicht liebte. Meinem Vater ging ich aus dem Wege, aber Sinaïda zu meiden vermochte ich nicht ... Ihre Gegenwart brannte mich wie Feuer ... Wozu mußte ich denn wissen, was für ein Feuer es war, in dem ich brannte und verging; war es nicht Seligkeit, so zu brennen und zu vergehen? Ich gab mich den Eindrücken des Tages hin, betrog mich selbst, verbannte die Erinnerungen und schloß die Augen vor dem, was ich kommen fühlte ... Diese Qual hätte wohl nicht lange dauern können ... Aber ein Ereignis, das wie ein Gewitter über uns hereinbrach, änderte alles und warf mich auf eine neue Bahn.

Als ich eines Tages nach einem längeren Spaziergang zum Mittagessen zurückkehrte, erfuhr ich zu meiner Überraschung, daß ich allein essen würde, da mein Vater abgereist sei und Mutter sich schlecht fühle, nicht zu essen wünsche und sich in ihrem Zimmer eingeschlossen habe. Die Gesichter der Diener verrieten mir, daß etwas Außergewöhnliches geschehen war ... Ich wagte nicht, sie auszufragen, wandte mich aber an meinen Freund, den jungen Diener Philipp, einen leidenschaftlichen Verehrer von Gedichten und Meister im Harmonikaspiel. Von ihm erfuhr ich, daß es zwischen meinem Vater und meiner Mutter eine furchtbare Szene gegeben habe – in der Gesindestube konnte man jedes Wort verstehen, und wenn auch manches auf französisch gesagt wurde, so verstand es das Mädchen Mascha, das fünf Jahre bei einer Schneiderin aus Paris gedient hatte. Meine Mutter habe dem Vater Untreue und seine Bekanntschaft mit dem Nachbarfräulein vorgeworfen, Vater habe sich gerechtfertigt, schließlich aber in seinem Zorn ein hartes Wort gesagt, »anscheinend über ihr Alter«, worüber die Mutter geweint und ihn an den Wechsel, den sie der alten Fürstin gegeben, erinnert habe, wobei sie sich sehr schlecht über sie und das junge Fräulein geäußert habe. Da hätte Vater gedroht. Und das ganze Unglück sei durch einen anonymen Brief gekommen, fuhr Philipp fort. Man wisse nicht, wer ihn geschrieben habe, sonst hätte es keinen Anlaß gegeben, diese Dinge ans Tageslicht zu bringen.

»Ja, hat es denn etwas gegeben?« brachte ich mühsam hervor, es fror mich an Händen und Füßen, und in der Tiefe meines Herzens schien etwas zu erbeben.

Philipp zwinkerte bedeutungsvoll.

»Ja, gegeben hat's schon was! Ganz verheimlichen läßt sich ja so was nicht! Wie vorsichtig Ihr Herr Papa in solchen Angelegenheiten auch sein mag! Aber man muß doch zum Beispiel einen Wagen mieten . . . oder sonstwas besorgen, ganz ohne Leute kommt man nicht aus.«

Ich schickte Philipp fort und fiel auf mein Bett. Ich weinte nicht und gab mich nicht der Verzweiflung hin, fragte mich nicht, wie das alles geschehen sei, wunderte mich nicht darüber, daß ich nicht alles früher erraten hatte, ich machte meinem Vater nicht einmal Vorwürfe . . . Was ich erfahren hatte, ging über meine Kraft, diese plötzliche Enthüllung zerschmetterte mich . . . Alles war aus. All meine Blumen waren mit einem Mal aus der Erde gerissen und lagen nun um mich herum, zerstreut und zerstampft.

20

Am nächsten Tage erklärte meine Mutter, daß sie in die Stadt zurückkehre. – Am Morgen ging mein Vater in ihr Schlafzimmer und blieb dort lange allein mit ihr. Niemand hatte gehört, was er ihr sagte, aber Mutter weinte nicht mehr, sie hatte sich beruhigt, verlangte zu essen, änderte ihren Entschluß jedoch nicht und erschien auch nicht. Ich ging den ganzen Tag spazieren, betrat den Garten nicht und sah den Nachbarflügel kein einziges Mal an. Am Abend war ich Zeuge einer eigentümlichen Szene! Mein Vater führte den Grafen Malewski am Arm durch den Salon ins Vorzimmer und sagte in Gegenwart des Dieners kühl zu ihm: »Vor einigen Tagen ist Euer Erlaucht in einem anderen Hause die Tür gewiesen worden. Ich will mich nicht in irgendwelchen Erklärungen mit Ihnen einlassen, habe aber die Ehre, Ihnen zu erklären, daß ich Sie aus dem Fenster werfe, wenn Sie noch einmal bei mir erscheinen sollten. Ihre Handschrift mißfällt mir!« Der Graf verbeugte sich, biß die Zähne aufeinander, knickte ein und verschwand.

Die Vorbereitungen zum Umzug in die Stadt, wo wir am Arbat ein Haus hatten, begannen. Wahrscheinlich hatte auch Vater keine Lust, länger auf dem Lande zu bleiben. Es war ihm anscheinend gelungen, meine Mutter zu überreden, keinen Skandal zu verursachen. Die Vorbereitungen gingen langsam und still vor sich, Mutter ließ sogar die alte Fürstin grüßen und ihr Bedauern aussprechen, daß ihre Krankheit leider einen Abschiedsbesuch bei ihr verhindere. Ich irrte wie von Sinnen umher und wünschte nur, daß diese Qual bald ein Ende nehmen würde. Ein Gedanke verließ mich nicht: »Wie konnte sie – ein junges Mädchen und immerhin eine Fürstin – so handeln, obwohl sie wußte, daß mein Vater gebunden war, und selber die Möglichkeit hatte zu heiraten – meinetwegen Belowsorow! Worauf hatte sie gehofft? Wie hatte sie nicht gefürchtet, ihre Zukunft zu vernichten? »Ja«, dachte ich, »das ist echte Liebe, echte Leidenschaft und Treue.« Luschins Worte fielen mir ein: »Für manche ist es süß, sich zu opfern.«

Einmal erblickte ich in einem der Fenster des

Nachbarflügels einen hellen Fleck ... »Kann das Sinaïdas Gesicht sein?« dachte ich. Ja, es war ihr Gesicht. Ich hielt es nicht aus. Ich konnte mich nicht von ihr trennen, ohne mich von ihr zu verabschieden. Ich wartete einen günstigen Augenblick ab und begab mich in den Flügel.

Im Salon empfing mich die Fürstin mit ihrer gewohnten unangenehmen Nachlässigkeit.

»Was verscheucht denn Ihre Angehörigen so früh, mein Lieber?« fragte sie, beide Nüstern mit Tabak vollstopfend. Ich sah sie an, und mir wurde leichter zumute. Der von Philipp erwähnte Wechsel quälte mich. Sie ahnte nichts – so schien es mir damals jedenfalls. Sinaïda erschien aus dem Nebenzimmer, in einem schwarzen Kleid, sehr blaß, das Haar nicht gelockt. Sie nahm mich schweigend an der Hand und führte mich in ihr Zimmer.

»Ich habe Ihre Stimme gehört und kam sofort heraus«, sagte sie. »Und Ihnen fällt es so leicht, uns zu verlassen, Sie böser Junge?«

»Ich bin gekommen, um mich von Ihnen zu verabschieden, Fürstin«, sagte ich. »Wahrscheinlich für immer. Sie wissen sicherlich, daß wir abreisen.«

Sinaïda sah mich forschend an.

»Ja, ich weiß es. Vielen Dank, daß Sie gekommen sind. Ich dachte schon, ich würde Sie nicht wiedersehen. Denken Sie nicht schlecht von mir! Ich habe Sie manchmal gequält, doch bin ich nicht so, wie Sie jetzt meinen.«

Sie wandte sich ab und lehnte sich an das Fenster.

»Ich bin wirklich nicht so. Ich weiß, daß Sie schlecht von mir denken.«

»Ich?«

»Ja, Sie . . . Sie.«

»Ich?« wiederholte ich traurig, und mein Herz erzitterte wieder unter dem Einfluß ihres unbeschreiblichen Charmes. »Ich? Glauben Sie mir, Sinaïda Alexandrowna, was Sie auch tun, wie Sie mich auch quälen mögen, ich werde Sie bis an mein Lebensende lieben und verehren.«

Sie wandte sich mir rasch zu, breitete ihre Arme aus, legte ihre Hände um meinen Kopf und küßte mich leidenschaftlich. Wer weiß, wem dieser lange Abschiedskuß galt, aber ich genoß gierig seine Süße. Ich wußte, daß er sich nie wiederholen würde. »Leben Sie wohl, leben Sie wohl«, wiederholte ich . . .

Sie wandte sich jäh ab und ging fort. Ich entfernte mich ebenfalls. Das Gefühl, mit dem ich den

Flügel verließ, läßt sich nicht beschreiben. Ich wünsche nicht, daß es sich wiederholt, würde mich aber für unglücklich halten, wenn ich es nie empfunden hätte.

Wir zogen in die Stadt. Lange konnte ich mich von dem Erlebten nicht frei machen, lange war ich außerstande, die Arbeit wieder aufzunehmen. Meine Wunde heilte nur langsam, doch war ich meinem Vater eigentlich nicht böse. Im Gegenteil, er schien in meinen Augen noch gewachsen ... mögen die Psychologen diesen Widerspruch erklären, wie sie wollen.

Eines Tages ging ich über den Boulevard und traf zu meiner unbeschreiblichen Freude Luschin. Ich liebte ihn wegen seiner Offenheit, außerdem war er mir auch durch die Erinnerungen teuer, die er in mir wachrief. Ich stürzte auf ihn zu.

»Aha!« sagte er und runzelte die Stirn. »Das sind Sie, junger Mann! Lassen Sie sich anschaun! Gelb sind Sie immer noch, aber die Augen sind klarer. Sehen wie ein Mensch und nicht mehr wie ein Schoßhündchen aus. Das ist gut! Nun, wie geht's? Was macht die Arbeit?«

Ich seufzte. Lügen wollte ich nicht und schämte mich, die Wahrheit zu sagen.

»Tut nichts«, fuhr Luschin fort, »verlieren Sie den Mut nicht. Die Hauptsache ist, richtig leben und sich keiner Leidenschaft hingeben. Was hat man davon? Wohin die Wogen einen auch schleudern mögen, es taugt nichts! Und wenn der Mensch auch auf Steinen stehen muß, so soll er es, aber stets nur auf eigenen Füßen.« – Ich hustete ... »und Belowsorow ... wissen Sie es schon?«

»Nein. Wieso?«

»Ist spurlos verschwunden. Man sagt, er sei in den Kaukasus gefahren. Eine Lehre für Sie, junger Mann! Und das Unglück kommt daher, weil die Menschen nie sich rechtzeitig trennen, ihre Netze zu zerreißen vermögen. Sie sind noch gut davongekommen. Lassen Sie sich nicht noch einmal einfangen! Leben Sie wohl!«

»Ich lass' mich nicht mehr einfangen!« dachte ich, »werde sie auch nie wiedersehen.« Aber es war mir beschieden, Sinaïda noch einmal zu begegnen.

21

Mein Vater ritt jeden Tag aus. Er hatte einen prächtigen englischen Rotfuchs mit schlankem Hals und langen Beinen, ein unermüdliches und böses Tier. Es hieß Elektrik. Außer meinem Vater konnte niemand dieses Pferd reiten.

Eines Tages kam er gut gelaunt zu mir, was schon lange nicht der Fall gewesen war. Er wollte ausreiten und hatte bereits die Sporen an den Stiefeln. Ich bat ihn, mich mitzunehmen.

»Spielen wir lieber Bockspringen«, erwiderte mein Vater. »Auf deinem Klepper wirst du mir doch nicht folgen können.«

»Ich komme schon nach, ich lege ebenfalls Sporen an!«

»Nun, meinetwegen!«

Wir ritten los, ich auf einem kleinen, munteren, zottigen Rappen mit festen Fesseln. Allerdings mußte er galoppieren, wenn Elektrik trabte, aber ich blieb jedenfalls nicht zurück. Ich habe noch nie einen Reiter gesehen, der es meinem Vater gleichgetan hätte. Er saß so schön, nachlässig und leicht im Sattel, daß selbst sein Pferd sich dessen bewußt und stolz darauf zu sein schien. Wir ritten über sämtliche Boulevards, waren im Jungfernfeld, setzten über mehrere Zäune – erst hatte ich Angst davor, da mein Vater aber Feiglinge verachtete, schwand die Angst von selbst –, überquerten zweimal die Moskwa, und ich dachte bereits, daß wir heimkehrten, um so mehr, da meinem Vater die Müdigkeit meines Pferdes aufgefallen war, als er plötzlich in entgegengesetzter Richtung von der Krimschen Furt abbog und am Ufer entlang dahinsprengte. Ich folgte ihm. An einem hohen Bretterstapel angelangt, sprang er ab, ließ auch mich absitzen, gab mir die Zügel seines Pferdes, sagte, ich solle hier auf ihn warten, und verschwand. Ich ging am Ufer auf und ab, führte die Pferde hinter mir her und schalt Elektrik, der immerfort mit dem Kopf an den Zügeln zerrte, sich schüttelte, schnaubte, wieherte und, wenn ich stehenblieb, entweder den Boden mit den Hufen aufwühlte oder meinen Klepper wiehernd in den Hals biß, sich – mit einem Wort – wie ein verwöhntes Vollblut benahm. Mein Vater kehrte immer noch nicht zurück. Vom Fluß stieg eine unangenehme Feuchtigkeit auf, ein feiner Regen rieselte sanft hernieder und bedeckte die langweiligen, dummen grauen Bretter, vor denen ich auf und ab ging, mit dem dunklen Muster winziger Wasserflecken. Verzweiflung packte mich, aber Vater war immer noch nicht da. Ein finnischer Wächter, ebenso grau wie das Holz, mit einem riesigen alten topfförmigen Tschako auf dem Kopf und einer Hellebarde in der Hand – was wohl ein Wächter am Flußufer zu tun haben mochte! –, näherte sich mir, wandte mir sein verschrumpeltes Altweibergesicht zu und fragte: »Was machen Sie hier mit den Pferden, junger Herr? Geben Sie her, ich werde die Zügel halten.«

Ich antwortete nicht. Er bat mich um Tabak. Um ihn loszuwerden – ich verging vor Ungeduld –, machte ich einige Schritte in der Richtung, die mein Vater eingeschlagen hatte, durchschritt die Seitengasse, bog um die Ecke und blieb stehen. Auf der Straße, etwa vierzig Schritte von mir entfernt, stand mein Vater mit dem Rücken zu mir vor dem geöffneten Fenster eines Holzhauses. Er lehnte sich mit der Brust auf das Fensterbrett. Im Zimmer aber saß, halb vom Vorhang verborgen, eine Frau in einem dunklen Kleid und unterhielt sich mit meinem Vater. Diese Frau war Sinaïda.

Ich erstarrte. Das hatte ich nicht erwartet. Meine erste Regung war die Flucht. »Wendet mein Vater sich um, so bin ich verloren«, dachte ich . . . Aber ein eigentümliches Gefühl, ein Gefühl, das stärker war als Neugierde, Eifersucht und Angst, hielt mich zurück. Ich schaute hin, bemüht, etwas zu hören. Mein Vater schien auf etwas bestehen zu wollen. Sinaïda willigte nicht ein. Ich sehe immer noch ihr trauriges, ernstes, schönes Gesicht mit einem unbeschreiblichen Ausdruck von Hingabe, Trauer, Liebe und einer Art von Verzweiflung – ich finde kein besseres Wort dafür. – Sie antwortete einsilbig, senkte den Blick und lächelte nur ergeben und trotzig. An diesem Lächeln erkannte ich meine alte Sinaïda. Mein Vater zuckte die Achseln und rückte den Hut auf dem Kopf zurecht – stets ein Zeichen größter Ungeduld bei ihm –, und ich vernahm die Worte: »Vous devez vous séparer de cette . . .« Sinaïda fuhr auf und streckte die Hand aus . . . Und da geschah vor meinen Augen etwas Unbegreifliches. Mein Vater hob plötzlich die Reitpeitsche, mit der er den Staub von den Rockschößen geschlagen hatte, und ein scharfer Hieb pfiff über ihren bis zum Ellbogen entblößten Arm. Ich unterdrückte mühsam einen Schrei, Sinaïda aber fuhr zusammen, sah meinen Vater schweigend an, hob den Arm langsam an ihre Lippen und küßte den sich rötenden Streifen. Mein

Vater schleuderte die Peitsche beiseite, lief rasch die Stufen der Treppe hinauf und stürzte ins Haus ... Sinaïda wandte sich um, hob die Arme, warf den Kopf zurück und trat ebenfalls vom Fenster weg.

Vor Schreck benommen, mit dem Grauen vor etwas Entsetzlichem, Unbegreiflichem stürmte ich zurück, rannte in die Seitengasse, wobei ich Elektriks Zügel beinah fallen ließ, und erreichte das Flußufer. Ich begriff nichts mehr. Ich wußte, daß mein kalter und zurückhaltender Vater zuweilen von furchtbarem Jähzorn heimgesucht wurde ... und doch konnte ich, was ich gesehen hatte, nicht verstehen ... Ich wußte aber, daß ich – solange ich auch noch leben sollte – nie Sinaïdas Blick, ihr Lächeln, ihre Bewegung vergessen würde, daß ihr Bild, dieses neue, plötzlich vor mir erstandene Bild, sich ewig meinem Gedächtnis einprägen würde. Gedankenlos starrte ich auf den Fluß und merkte nicht, wie Tränen meine Wangen hinabliefen. »Sie wird geschlagen«, dachte ich, »geschlagen, geschlagen ...«

»Nun, was ist denn los, her mit dem Pferd!« vernahm ich hinter mir die Stimme meines Vaters.

Ich reichte ihm mechanisch die Zügel. Er sprang

auf Elektrik . . . das durchgefrorene Pferd bäumte sich und schoß in einem riesigen Sprung – es werden wohl vier Meter gewesen sein – nach vorn . . . aber mein Vater bändigte es bald, drückte ihm die Sporen in die Flanken und schlug ihm mit der Faust auf den Hals . . . »Verdammt, nun habe ich meine Peitsche nicht«, murmelte er.

Ich erinnerte mich des pfeifenden Peitschenschlags von vorhin und fuhr zusammen.

»Wo hast du sie?« fragte ich meinen Vater nach einer kurzen Weile – Mein Vater antwortete nicht und sprengte davon. Ich holte ihn ein. Unbedingt wollte ich sein Gesicht sehen.

»Hast dich ohne mich gelangweilt?« fragte er, die Worte zwischen zusammengepreßten Zähnen hervorstoßend.

»Ein wenig. Wo hast du denn deine Peitsche verloren?« fragte ich wieder.

Mein Vater warf mir einen raschen Blick zu. »Ich habe sie nicht verloren«, sagte er. »Ich habe sie fortgeworfen.« Er wurde nachdenklich und senkte den Kopf . . . und da sah ich zum ersten- und vielleicht auch zum letztenmal, wieviel Zärtlichkeit und Trauer seine strengen Züge auszudrücken vermochten.

Er sprengte wieder davon, und nun konnte ich ihn nicht mehr einholen. Ich traf eine Viertelstunde nach ihm zu Hause ein.

»Das ist also Liebe«, dachte ich wieder, als ich in der Nacht vor meinem Schreibtisch saß, auf dem sich bereits Bücher und Hefte zu türmen begannen, »das ist Leidenschaft! ... Wie sollte man sich nicht empören ... wie könnte man so einen Schlag von irgendeiner – und sei es auch der geliebtesten – Hand ertragen! Und doch scheint es möglich zu sein, wenn man liebt ... Ich aber ... ich dachte ...«

Der letzte Monat hatte viel zu meiner inneren Reife beigetragen, und meine Liebe mit all ihren Aufregungen und Leiden erschien mir klein, kindisch und armselig im Vergleich zu diesem Unbekannten, das ich nur zu erraten vermochte, das mich als etwas Fremdes, Schönes, aber Grausames schreckte, wie ein finsteres Gesicht, dessen Züge man vergeblich in der Finsternis zu betrachten sucht. – In dieser Nacht hatte ich einen seltsamen und schauerlichen Traum. Es schien mir, als betrete ich ein niedriges, dunkles Zimmer ... Vater stehe mit einer Peitsche in der Hand und stampfe mit dem Fuß. In einer Ecke kauere Sinaïda, einen roten

Strich dieses Mal nicht auf dem Arm, sondern auf der Stirn ... Hinter den beiden aber erhebe sich blutüberströmt Belowsorow, öffne die blassen Lippen und drohe meinem Vater ...

Zwei Monate darauf kam ich auf die Universität, und ein halbes Jahr später starb mein Vater an einem Schlaganfall in Petersburg, wohin er soeben mit meiner Mutter und mir gezogen war. Einige Tage vor seinem Tode hatte er einen Brief aus Moskau erhalten, der ihn sehr erregt hatte ... Er wandte sich mit einer Bitte an Mutter und soll sogar geweint haben – er, mein Vater, geweint! Am Morgen des Tages, an dem ihn der Schlaganfall traf, hatte er einen Brief in französischer Sprache an mich begonnen: »Mein Sohn«, schrieb er mir, »fliehe Frauenliebe, fliehe dieses Glück, dieses Gift ...« Meine Mutter schickte nach seinem Tode eine bedeutende Summe nach Moskau.

22

Viele Jahre waren seitdem vergangen. Ich hatte gerade die Universität beendet und wußte noch nicht recht, was ich anfangen, welchen Weg ich wählen sollte. Einstweilen lungerte ich tatenlos umher. Eines Abends traf ich Maidanow im Theater. Er hatte geheiratet und eine Stelle angenommen, sich aber sonst nicht verändert. Er begeisterte sich ebenso grundlos wie früher und ließ ebenso plötzlich den Mut sinken.

»Wissen Sie übrigens«, fragte er mich, »daß Frau Dolskaja hier ist?«

»Welche Frau Dolskaja?«

»Erinnern Sie sich ihrer nicht mehr? Die ehemalige Fürstin Sassekina, in die wir alle – Sie übrigens auch – verliebt waren? Auf dem Lande, neben dem Neskutschny-Park.«

»Ist sie mit Dolski verheiratet?«

»Ja.«

»Und ist hier im Theater?«

»Nein, aber in Petersburg. Sie ist vor einigen Tagen hergekommen und will ins Ausland reisen.«

»Wie ist ihr Mann?« fragte ich.

»Ein prachtvoller Bursche, mit Vermögen. Ein Moskauer, Kollege von mir. Sie werden begreifen, daß sie nach dieser Geschichte ... Sie müssen sie ja kennen« – Maidanow lächelte –, »nicht so leicht eine gute Partie machen konnte. Es hatte doch Folgen gegeben ... Aber mit ihrer Klugheit vermochte sie auch das Unmögliche . . . Besuchen Sie sie, sie wird sich freuen. Sie ist sehr hübsch geworden.«

Maidanow gab mir Sinaïdas Adresse. Sie wohnte im Hotel Demuth. Alte Erinnerungen wurden wieder in mir wach . . . ich nahm mir fest vor, sogleich am nächsten Tage meine frühere Liebe zu besuchen. Aber geschäftliche Angelegenheiten hinderten mich daran. Eine Woche verging, die zweite, und als ich mich schließlich in das Hotel Demuth begab und nach Frau Dolskaja fragte, erfuhr ich, daß sie vor vier Tagen ganz plötzlich an den Folgen einer Entbindung gestorben war.

Es ging mir wie ein Stich durchs Herz. Der Gedanke, daß ich sie hätte sehen können und nicht gesehen hatte und nun nie mehr wiedersehen würde, dieser bittere Gedanke bohrte mit der Gewalt eines unabweisbaren Vorwurfs in mir. »Gestorben!« wiederholte ich und sah den Portier benommen an. Dann schlich ich mich leise auf die Straße und ging fort, ich wußte selbst nicht, wohin. In lebendigen Bildern stieg die Vergangenheit vor mir auf. »Das war also das Ende, das Ziel, dem dieses junge, strahlende Leben entgegengestrebt war«, dachte ich und stellte mir diese treuen Züge, diese Augen, diese Locken in einem engen Kasten, in der feuchten Finsternis der Erde, hier ganz in meiner Nähe vor, in der Nähe des Lebenden, und vielleicht nur wenige Schritte von meinem Vater entfernt . . . Daran dachte ich und strengte meine Phantasie an, aber dennoch:

Voll Gleichmut sprach ein Mund die Todeskunde,
und voller Gleichmut hört' ich sie.

Oh, Jugend, Jugend! Alles erscheint dir gleichgültig, alle Schätze der Welt sind dein Besitz, sogar die Trauer ist dir lieb, sogar der Gram steht dir. Selbstbewußt bist du und keck. »Ich bin, ich lebe«, sagst du, »schaut nur her!« Aber deine Tage laufen dahin, verlieren sich spurlos im Zeitlosen, und alles in dir vergeht wie schmelzender Schnee oder Wachs in der Sonne . . . Und vielleicht besteht das Geheimnis deines Reizes nicht in der Möglichkeit, alles zu tun, sondern in der Möglichkeit zu denken, was du alles tun wirst, besteht darin, Kräfte in den Wind zu verstreuen, die du nicht anders zu verwenden wußtest, und auch darin, daß ein jeder von uns sich für einen Verschwender hält und im Ernst das Recht beansprucht zu sagen: »Oh, was hätte ich nicht alles getan, wenn ich nicht so viel Zeit unnütz verloren hätte!«

So war es auch mit mir ... wieviel hatte ich erhofft, ersehnt, wie reich mir meine Zukunft vorgestellt, als ich, nur mit einem Seufzer und ein wenig Traurigkeit, den plötzlich wiedererstandenen Wahn meiner ersten Liebe bestattete?

Und was war von allem, was ich erhofft, in Erfüllung gegangen? Jetzt, da die Abendschatten sich über mein Leben senken, gibt es für mich nichts Lebendigeres, Teureres als die Erinnerung an jenes rasch davoneilende Gewitter eines Frühlingsmorgens.

Aber ich tue mir unrecht, wenn ich mich so verleumde. Auch damals, in jener leichtfertigen Jugendzeit, war ich gegen die traurige Stimme, die mich anrief, gegen den feierlichen Klang, der aus dem Grabe zu mir aufstieg, nicht taub gewesen. Ich entsinne mich, daß ich, einige Tage nachdem ich die Nachricht von Sinaïdas Tod erhalten hatte, einem inneren Bedürfnis folgend, beim Sterben einer armen, alten Frau zugegen war, die in unserem Hause wohnte. Mit Lumpen bedeckt, auf harten Brettern, einen Sack unter dem Kopf, rang sie mühsam und schwer mit dem Tode. Ihr ganzes

Leben war im bitteren Kampf mit den Nöten des Alltags vergangen, sie hatte keine Freude gekannt, kein Glück genossen – da hätte man meinen sollen, sie müßte sich auf den Tod, die Ruhe, die Befreiung vom Leiden freuen. Aber solange ihr alter Körper noch widerstand, solange die Brust sich noch qualvoll unter der eisigen Hand des Todes hob und senkte, solange die letzten Kräfte sie noch nicht verlassen hatten, bekreuzigte sich die Greisin und flüsterte: »Herr, vergib mir meine Sünden!« Erst mit dem letzten Bewußtseinsfunken schwand der Ausdruck der Angst und des Grauens vor dem Tode aus ihren Augen. Und ich entsinne mich, daß mich hier, am Sterbelager dieser armen, alten Frau, Angst um Sinaïda erfaßte und ich den Wunsch empfand, für sie, für meinen Vater und für mich zu beten.

12 *Kaidanow,* Iwan Kusmitsch (1780-1843): russ. Geschichtspädagoge, Prof. am Alexander-Lyzeum, Petersburg; Verfasser geistig unselbständiger Lehrbücher der antiken, allgemeinen und russ. Geschichte, darunter »Leitfaden zur Erlernung der allgemeinen politischen Weltgeschichte« (13. Aufl. 1821) und »Kurzer Abriß der allgemeinen Weltgeschichte« (16. Aufl. 1821).

33 *des vilaines affaires d'argent* (franz.): häßliche Geldgeschichten.

35 *Que suis-je pour elle?* (franz.): Was bin ich ihr?

38 *Barège:* dünner Wollstoff aus Barèges in den Pyrenäen. – *avec sa mine de grisette* (franz.): mit ihrem Grisettengesicht.

46 *Kasatschok:* Kosakentanz.

51 *comme il faut* (franz.): erzogen, anständig, wie es sich gehört.

54 *Rary:* ehemals bekannter Reiter.

65 *»Auf Grusiens Hügeln«:* Anfangsworte eines nicht überschriebenen Gedichtfragments von Alexander Sergejewitsch Puschkin (1799-1837) aus dem Jahre 1829.

74 *Byron,* George Gordon Lord (1788-1824): engl. Dichter des romantischen, gegen die gesellschaftliche Wirklichkeit gerichteten »Weltschmerzes« und der seelischen Zerrissenheit. – *Hugo,* Victor (1802-1885): als Lyriker, Dramatiker und Romandichter erst Haupt der franz. Romantik, seit 1848 Realist von bürgerlich-republikanischer Haltung.

77 *une femme capable de tout* (franz.): eine zu allem fähige Frau.

85 *Malek-Adel:* Sultan von Ägypten und Damaskus, Saladins Bruder, eroberte 1218 wichtige Festungen der Kreuzritter in Palästina. Anspielung auf eine Szene aus dem Liebesroman »*Mathilde* oder Erinnerungen aus der Zeit der Kreuzzüge« (1798-1805) der franz. Schriftstellerin Sophie Cottin (1770-1807).

86 *»Ich warte dein . . .«:* Romanze nach einem Gedicht des anmutigen Lyrikers und Satirikers Fürst Pjotr Andrejewitsch Wjasemski (1792-1878), der nach Nikolaus' I. Thronbesteigung (1825) seinen freiheitlichen Ideen abgeschworen hatte. – *Chomjakow,* Alexei Stepanowitsch (1804-1860): romantischer Dramatiker, später geistiges Haupt der Slawophilen, die das russ. Volkstum idealisierten, die Übernahme westeurop. Kultur durch die Russen ablehnten und, nach anfänglich fortschrittlichen Zügen, als überzeugte Monarchisten zu Konservativen, ja Reaktionären wurden. Sein erstes Drama »Jermak« (1832) hat den Eroberer Westsibiriens zum Helden.

87 *Dolman:* Husarenjacke. – *»Journal des Débats«:* Pariser Tageszeitung, die seit 1789 existiert und sich im 19. Jh. durch ihr literarisches Feuilleton auszeichnete.

97 *Silence!* (franz.): Ruhe!

98 *Barbier,* Auguste (1805-1882): franz. Satiriker; seine »Iambes« (1831), in denen zwölf- und achtsilbige Verse abwechseln, geißeln die Sittenverderbnis der Finanzbourgeoisie, die Frankreich um die Früchte der Julirevolution

von 1830 gebracht hatte. – *»Telegraph«:* »Moskauer Telegraph« (1825-1834); in dieser russ. Zeitschrift für Literatur und Wissenschaft erschienen besonders die Dichtungen der Romantiker.

106 *»Aleko, du Zigeunerbub . . .«:* In Puschkins Poem »Die Zigeuner« ersticht der von Weltschmerz beherrschte Flüchtling Aleko die Zigeunerin Semfira und ihren neuen Liebhaber und wird darauf aus dem freien Zigeunerstamm ausgestoßen, in dem er Zuflucht gesucht hatte.

119 *Arbat:* Geschäftsstraße in Moskau.

127 *Vous devez vous séparer de cette* . . . (franz.): Sie müssen sich trennen von dieser . . .

134 *»Voll Gleichmut sprach ein Mund . . .«:* Verse aus Puschkins Gedicht »In ihrem Lande, wo das Himmelszelt« (1826), gewidmet dem Gedenken der in Italien verstorbenen Amalia Riznii.

Zu dieser Ausgabe

insel taschenbuch 2324
Iwan Turgenjew
Erste Liebe

Originaltitel: Pervaja ljubov'. Erstveröffentlichung: 1860. Der vorliegende Text folgt der Ausgabe: Iwan Turgenjew, Erste Liebe und andere Novellen. Insel Verlag Frankfurt am Main 1977 (insel taschenbuch 257). Lizenzausgabe mit freundlicher Genehmigung der Dieterich'schen Verlagsbuchhandlung Leipzig 1953. Umschlagabbildung: K. A. Korowin, Bildnis der Schauspielerin Tatjana Spiridonowna Ljubatowitsch, 1886/87.

Russische Literatur im insel taschenbuch

Alexander N. Afanassew: Russische Volksmärchen. Übertragen von Werner von Grimm. Mit farbigen Illustrationen von Ivan Bilibin. it 1058

Fjodor Michailowitsch Dostojewski: Sämtliche Romane und Erzählungen. 16 Bände in Kassette. Aus dem Russischen von Hermann Röhl und Karl Nötzel. it 961-976

– Band 1: Arme Leute. Roman. Aus dem Russischen von Hermann Röhl. it 961

– Band 2: Der Doppelgänger. Ein Petersburger Poem. Netotschka Neswanowa. Aus dem Russischen von Hermann Röhl. it 962

– Band 3: Onkelchens Traum. Aus der Chronik der Stadt Mordassow. Roman. Aus dem Russischen von Hermann Röhl. it 963

– Band 4: Das Gut Stepantschikowo und seine Bewohner. Aus den Aufzeichnungen eines Unbekannten. Roman. Aus dem Russischen von Hermann Röhl. it 964

– Band 5: Erniedrigte und Beleidigte. Ein Roman in vier Teilen. Mit einem Epilog. Aus dem Russischen von Hermann Röhl. it 965

– Band 6: Aufzeichnungen aus einem Totenhause. Aus dem Russischen von Hermann Röhl. it 966

– Band 7: Aus dem Dunkel der Großstadt. Aufzeichnungen. Aus dem Russischen von Hermann Röhl. it 967

– Band 8: Der Spieler. Aus den Aufzeichnungen eines jungen Mannes. Aus dem Russischen von Hermann Röhl. it 968

– Band 9: Schuld und Sühne. Roman. Aus dem Russischen von Hermann Röhl. it 969

– Band 10: Der Idiot. Roman. Aus dem Russischen von Hermann Röhl. it 970

– Band 11: Der lebenslängliche Ehemann. Erzählung. Aus dem Russischen von Hermann Röhl. it 971

– Band 12: Die Teufel. Roman. Aus dem Russischen von Hermann Röhl. it 972

– Band 13: Werdejahre. Roman. Aus dem Russischen von Hermann Röhl. it 973